「封印魔術、神聖魔術、
そして古代魔術の
三重詠唱魔術、か。
相変わらず凄まじい威力だぜ。
魔候貴族ですら一撃とはよ」
ロイド
ジリエル
グリモ
「しかし
お疲れの様子ですねロイド様、
ここ最近は毎日のように
封印された魔族どもを
消していますから
無理もありませんが……
どうぞご自愛下さいませ」

シルファ
「というわけで
ノアたちとダンジョンに
潜ることになったんだけど……」
「ロイド様が
危険な場所に赴かれるなら
私も当然付いていきます」

「ダンジョン攻略ならボクもきっと役に立つよ！」
レン

「お、おい！　あの封印石、
もしや魔王様のものではないか!?」
「間違いないわねぇ。
どこにあるのかと思っていたけど、
まさかあんな所に隠されているとは
思いもよらなかったわ」
「うむ、しかも器との接触により
封印に亀裂が入ったようだの。
魔王様の魔力は
確実に器へと流れ込んでおる」

「へぇ、見違えたじゃないか」
いつもはツナギとか
作業しやすい服を着ているコニーの
ドレス姿は新鮮だ。
コニー
魔術学院への道中で
出会った少女。
魔道具を作ることが
できる。

「シルファさんに
着付けられたんだけど……

こういう服、
私には似合わないよね」

ひらひらしたスカートを抓んで首を捻るコニー。

だが俺はそうは思わない。

「いいや。よく似合ってるぞ」

「そ、そう……？」

Tensei shitara dainana
ouji dattanode,
kimamani majyutsu wo
kiwame masu.

転生したら第七王子だったので、気ままに魔術を極めます

7

author
謙虚なサークル

illust. メル。

転生したら第七王子だったので、気ままに魔術を極めます7

謙虚なサークル

講談社ラノベ文庫

口絵・本文イラスト／メル。
デザイン／AFTERGLOW

俺はサルーム王国第七王子、ロイド＝ディ＝サルーム。

魔術大好き十歳。前世ではしがない貧乏魔術師だったが、通っていた魔術学園で貴族に目を付けられ、決闘という名の私刑を申しつけられてしまう。

そこで迂闊《うかつ》にも初めて見る上級魔術に見とれてしまい、防御を忘れて命を落とし、気づけばこの身体に転生していた。

王位継承権とは無関係の第七王子という事で、自由気ままな魔術ライフを送っている。


そんな俺だが、今は色々あって魔術の祖ウィリアム＝ボルドーの設立した学園の魔術科に通っている。

学園で出会ったウィリアムの子孫、ノアとガゼルと仲良くなった俺は、かつて人類と魔族の戦で封印されていた魔軍四天王の一人、ヴィルフレイと対峙《たいじ》、勝利した。

そして今、二人の頼みで封印された魔族を倒して回っている最中である。


「では行きますよ、ロイド君」

ノアの言葉に頷《うなず》いて返すと、ガゼルが目の前の大きな石に手を触れる。

と、無数の術式が石の表面に浮かんでは消えていき、しばらくするとぴしり、とヒビが入った。

石は割れ、中から黒いモヤのようなものが出てきて人の形を成していく。

「くく……我が封印を解かれる日が来るとは夢にも思いませんでしたよ。再封印の失敗か、はたまた人間のレベルが落ちたのか……理由は不明ですがともあれこうして外へ出られた以上、存分に暴れさせて頂きましょう！　まずはあなた方にお礼を差し上げなければなりますまい。高貴なる魔候貴族序列第三位たるこのネーデルヴァイン様が直々に血祭りにして——」

「灰魔神牙」

俺が放った白と黒が入り混じった魔力の矢が、螺旋《らせん》を描き目の前の魔族を貫く。

「ぐあああああっ！　……ば、馬鹿なぁぁあっ⁉　魔候貴族序列三位であるこのネーデルヴァイン様が、人間の小僧如きにぃぃいいっ⁉」

断末魔の悲鳴を上げながら消滅していくネーデルなんとか。

消えゆく魔力の塊を見ながら、俺はあくびを一つした。

「封印魔術、神聖魔術、そして古代魔術の三重詠唱魔術、か。相変わらず凄まじい威力だぜ。魔候貴族ですら一撃とはよ」

呆《あき》れた顔でため息を吐《つ》くのは魔人グリモ、俺の使い魔で普段は右掌に宿っているが、時々外にも出てくる。山羊の姿をしている。

「しかしお疲れの様子ですねロイド様、ここ最近は毎日のように封印された魔族どもを消していますから無理もありませんが……どうぞご自愛下さいませ」

そしてこちらは天使ジリエル、こちらも俺の使い魔で同じく左掌に宿っている。出て来る時は鳥の姿をしている。

心配するジリエルに俺はあくびで返す。


「ふぁーあ……疲れてはないよ。退屈なだけだ」

最初は貴重な魔族と戦えるということで少しは楽しめたが、ヴィルフレイ戦で大体魔族相手の実験は終わったからなぁ。

というか『灰魔神牙』が反則過ぎて、面白味に欠けるのだ。

それでも俺が封印魔族を消滅させているのは、ノアたちから協力を頼まれているからだ。

魔人、魔族の封印はボルドー家に代々伝わる血統魔術にて行うらしいのだが、その強力さ故に術者の寿命を削るらしい。

優秀な魔術師であるノアとガゼルを失うのは封印魔術の発展が阻害されるし、二人にはボルドー家秘蔵の貴重な書籍を沢山貸して貰《もら》っているので、面倒ではあるが協力しているのである。

「ほぼほぼ私利私欲の為ですな……」

「非常にロイド様らしいです……」

グリモとジリエルが呆れているが、ちゃんと仕事はしているのだから対価を貰うのは当然というものだろう。失礼である。

「しかし二人でも使えるよう、封印魔術の色々な制限を取っ払い簡略化したんだけどなぁ」

寿命を削るなどの重い制約を外しはしたが、その代わり若干術式が複雑化、更にちょっとだけ長くなった。

二人にやらせてみたところ、「とても人間技ではない」「不可能が過ぎる」「一生かけても無理」「例えるならクソムズいパズルを三つ同時に解きながら、一キロの綱渡りを片足で行うようなもの」……と散々な評価で、結局俺がやることになったのである。

別に無理ってことはないと思うけどな。

むしろこれくらいの難易度じゃなきゃ燃えないと思うのだが。

「皆が皆、ロイド様と同じような力を持っていると思ったらダメですぜ」

「然《しか》り、ロイド様は規格外中の規格外なのですから」

人を化け物扱いするのは失礼だと思うぞ。

とはいえ二人はまだ未熟だが、素質自体はかなりのものだし、何より勤勉だ。

そのうち自分で魔族くらいは倒せるようになるだろう。うんうん。


「さて、今日のノルマはこのくらいかな？」

封印の祠《ほこら》から出た俺は、青空に向かってうーんと伸びをする。

「えぇ……というか倒して欲しい程の魔族はこのくらいです。あとは再封印まで数年の期間があるものが多く、その殆《ほとん》どが下位の魔族や魔人ですしね」

「おうとも、ガチバトルになっても俺たち二人で力を合わせりゃ何とでもなる相手ばかりだぜ。封印処理にしくじったら倒せばいいだけのことよ。……それにこれ以上ロイドにおんぶに抱っこじゃあ、ご先祖様に顔向け出来ねぇぜ」


ノアとガゼルは互いに目配せをし、苦笑する。

ほらな、この二人はちゃんと向上心はあるのだ。

この調子なら遠くないうちに、俺が作った術式も扱えるようになるだろう。

俺が満足して頷いていると、二人は難しい顔で言葉を続ける。

「……それに、他の魔軍四天王を逃した以上、我々の戦力向上を優先すべきでしょう。一対一ならまだしも、複数同時に襲われたら如何《いか》にロイド君とて一溜《ひとた》まりもないでしょうし」

ヴィルフレイを倒した後、ノアたちはまず最初に他の魔軍四天王の封印の祠を確認に行った。

すると、祠は破壊されており中は空っぽ。ヴィルフレイが仲間の封印を解いたのだろうという結論に至ったのである。

他の有力な魔族も数体が解放されており、連中が同時に俺に襲いかかってきたら危険だろう、ということだ。

「……まぁ確かに俺一人でそんな大量の魔族を相手にしたら、周囲に相当な被害が出るだろうな」

連中の戦闘力は相当なものだ。ヴィルフレイの時のように結界で隔離されていればともかく、まともにやり合えば周囲はただじゃ済まないだろう。

間違いなくその国は滅びるだろうな。そういう意味では不安はあるが……

「だがよぉ、お前らがどんなに頑張っても四天王相手じゃ屁《へ》のつっぱりにもならねーぜ？」

「然り、ロイド様の助けどころか、足手まといになるのがオチでしょう」

割と酷いように思えるが、グリモとジリエルがそこまで言うのも仕方ない。

実際二人の戦闘力は、よくてグリモたちと互角程度だろう。多少鍛えた程度ではどうにもなるまい。

「君たちの言わんとすることはわかっていますが、私たちとて何も考えずに言っているわけではありません」

「あぁ、始祖ウィリアムは強力な魔族の再封印を失敗した場合を想定し、もう一つの手段を用意していたのさ。祠の封印が解除されたのを条件に地下深く広がるダンジョンが開かれる。その最奥には始祖すら危険すぎる為に封印した禁術書、禁具……すなわち遺産が置かれているのさ。それを使えば俺らの力も上がるってわけだ」

その言葉に俺の耳がぴくんと動く。

ウィリアムの封じた禁術書だと……？　そんな面白そうなものを隠していたなら先に言って貰わないと困るんだが。

当然、俺の次の言葉は決まっている。

「よし、そこへ行ってみようじゃないか！」

「えぇ……」

俺が手を突き上げると、二人は何やら不服そうな顔をするのだった。

◇

「というわけでノアたちとダンジョンに潜ることになったんだけど……」

チラッと目配せをすると、俺の横にいた長剣を腰に差した銀髪のメイド、シルファとその隣にいたショートの紫髪メイド、レンが頷く。

「ロイド様が危険な場所に赴かれるなら私も当然付いていきます」

「ダンジョン攻略ならボクもきっと役に立つよ！」

二人とも高い戦闘力を誇る俺のお付きのメイドだ。

「あの魔術の祖、ウィリアムの作ったダンジョンとか面白そうやん。とんでもない値打ちモンもよーさん眠っとるんやろなぁ。というわけでウチもついて行かせて貰うわ」

「ふぅ、皆が行くなら僕も引率として行かざるを得ないだろう。すまないが同行させて貰うとしよう」

見事なまでに美しい金髪をさらりと流し、それとは不釣り合いな邪《よこしま》な笑みを浮かべているのはお金大好きサルーム第二王女ビルギット、その後ろで呆れ顔をしているイケメンが第二王子アルベルトだ。

「禁じられた魔道具、すごく気になる！　……でも私なんかがついて行ってもいいの？」

ふわふわの栗毛《くりげ》を揺らし、メガネの下で目をキラキラさせているのがコニー。本名コーネリア。

魔力を持たない特異体質だが、代わりに非常に手先が器用で術式の知識もある。魔道具作りに秀でた優秀なクラスメイトだ。

「えぇんよえぇんよ。メガネっ子に悪い子はおらん。遠慮せんとついてきーや」

「何故ビルギット姉上が仕切っているんですか……別に構いませんけれども」

ビルギットがコニーの頭を乱暴に撫《な》でるのを見て、アルベルトがため息を吐いている。

——事の次第はこうだ。内緒でダンジョンへ行くことにした俺は一度寮に戻り、準備の最中うっかりレンにそれを漏らしてしまった。

それをどこで聞いていたのかシルファがついてきて、ビルギットは金のニオイがすると言い出しそれに同行。更にそれを知ったアルベルトが無茶をやらかさないよう監視役を買って出たのである。

そこから更に、別件で来ていたコニーがビルギットに捕まったのだ。

どうやらメガネ同士、感じるものがあるのだろうか。自分は変装用の伊達《だて》メガネのくせに。

「まー戦闘力に関しては気にせんといてや。皆めちゃ強いからなー。あ、ウチは見ての通りか弱い乙女やけどな。スポンサーみたいなもんや」

よく見れば皆の衣服にはどれもこれも術式が編み込まれている。

こいつはとんでもない金がかかっているぞ。こんなものをあっさり揃《そろ》えるなんて、流石《さすが》ビルギットである。

「……なんかゴメンな。ノア、ガゼル」

「気にしないで下さい。ロイド君たちには世話になっていますから」

「勿論《もちろん》ロイドのことはちゃんと秘密にしとくから、安心しとけ」

ジリエルの機転で俺は天の御使いということになっており、俺の実力は皆には秘密にして貰っているのだ。

何から何まで色々悪いな。本当に。

「助かるよ。ありがとう」

「へっ、任せとけって」

「ええ、では案内しましょうか」

グッと親指を立てるノアとガゼル。

二人に連れられ向かったのは『飛翔《ひしょう》』にて小一時間ほど飛んだ所にある岩山だった。

降り立ったノアが岩壁の前に立ち、何やら呪文を唱える。

——と、ゴゴゴと地響きがして岩壁が崩れ、穴が空いた。その奥には階段が続いている。

「ここが我らが祖先ウィリアムの封じたダンジョンです。かなり危険ですので、我々から離れすぎないようお願い致しますね」

「危険な魔物や罠《わな》が大量に設置されているから、血族以外が入り込んだらひとたまりもねぇ。絶対に俺らから離れるんじゃねーぞ」

なんと、そんな面白そうなものがあるのか！

血族以外、ということは血に刻まれた術式に反応するよう作り上げた魔道具、ないしは人工生物なのだろうが、まだ動くとは驚きだ。

「普通術式は複雑に編めば編むほど経年劣化による解《ほつ》れが生じやすい。にもかかわらず何百年も経っているのにまだ術式が生きているとは、信じられない頑丈さだな。面白そうだ」

一体どんな術式を組んでいるのだろうか。

是非手に取って見てみたいが……あぁでも流石に皆がいるからなぁ。

やはり無理にでも撒《ま》いてくるべきだったか。

本題の禁術書、禁具の回収が終わってから、後で二人に中を案内して貰おう。

そうと決まればダンジョン攻略に集中するか。

◇

二人を先導役に俺たちはダンジョンを奥へ奥へと進んでいく。

道中何度か魔物と遭遇して皆が驚いていたが、大して強くもなさそうだったので皆に任せた。

俺は設置されている罠を分析するのに忙しいからな。

「はぁ、はぁ……な、何故こんな強ぇ魔物がウジャウジャいやがるんだ？　俺らがいれば、魔物には襲われねぇんじゃなかったのかよ！」

「恐らく長い年月が経《た》つにつれ、ダンジョンが魔物を生み出したのでしょう。誰も入れず放置された結果、ここまでの魔物が蔓延《はびこ》るようになった。結果的にはサルームの方々について来て頂けてよかったですね」

ノアの言葉にシルファらが頷く。

シルファのラングリス流剣術にレンの魔力毒、アルベルトの魔術、コニーの魔道具、それらがビルギットの潤沢な資金により強化され放たれるのだ。

ついでに言うと、

「ロイド様！　そちらに魔物が！」

「ひゃああっ⁉」

驚き蹲《うずくま》るコニーの頭上へ飛んできた魔物を結界で弾《はじ》き返《かえ》した。

それをシルファがみじん切りにして処理する。

「あ、ありがとロイド君……」

「気にしないでいいよ」

礼を言うコニーに手を振って返す。

と、このように時折こちらに流れてくる攻撃も、俺が結界で完全に防いでいるので安心だ。

もちろん加減はしてある。俺がまともに結界を張ったら消滅させてしまうからな。

普通の魔術好きならこんなものだろうか。

「いやいや、ここらの魔物は魔界級の化け物揃《ぞろ》いなんで」

「普通の魔術好きでは結界ごと砕かれてぐしゃり、でしょう」

グリモとジリエルが呆れているが、別にそんなことはないだろう。

だって皆、驚いてないしな。……多分。

ともあれノアとガゼル、シルファたちまでいるのだから俺が手を下すまでもない。

「ふむ、ここがダンジョンの最奥のようですね」

魔物の群れを斬り伏せたシルファが、剣に付いた血を拭いながら目の前の扉を見上げる。

まさしくダンジョン最奥のボス部屋であった。

「ここには勿論ボスがいますがご安心を。我らが先祖が既に調伏しておりますので、攻撃してくることはありません」

「つーわけで開けるぜ」

ガゼルが門を押すと、巨大な扉がゆっくり開いていく。

開いた門の奥には大量の宝箱が眠っていた。その中には見たこともないような魔術書が沢山転がっている。

「おお、あれがウィリアムの遺産か！」

俺は真っ先に飛び出すと、宝物を開けた。

中には沢山の魔術書があり、まるで光り輝いているようだ。

「ロイド様、突っ走り過ぎですぜ。ノアたちと離れたらやべーんじゃなかったんですかい？」

「そうです！　ここを守るボスとやらが目を覚ましてしまいますよ！」

そういえばそんなこと言ってた気がする。レアな魔術書を見てテンション上がり過ぎたな。

言われた通りよく見れば、宝を守るように巨大な金色の竜が横たわっていた。視界に入ってなかったな。

「こいつは神竜ですぜ。竜種を統《す》べる存在で特に知性が高く、とんでもねぇ戦闘力を誇る奴だ」

「言わば竜の神、かのウィリアム＝ボルドーはこんなものまで使い魔にしていたのですね……」

神竜といえばかつて存在したと言われる伝説の竜じゃないか。へぇ、初めて見たぞ。

俺の視線に気づいたのか、金色に輝く竜はゆっくりと首を持ち上げるとゆっくり目を開

くーー

「！！！！」

驚愕《きょうがく》に目を見開いた後、すぐ閉じて首を横たえた。

……二度寝か？　しかし寝息が不自然な気がするが、一体どうしたのだろうか。

「こ、こいつ寝たフリしてるぜ！　侵入者に気づいた癖にロイド様にビビって気づかなかったことにしようとしてやがる！」

「一瞬で力の差を理解したのでしょう。ある意味賢いとは言えますが……」

グリモとジリエルの声を聞きながらも神竜は冷や汗をダラダラ流している。

よくわからんが戦うつもりはなさそうだな。神竜とやらがどれだけ頑丈かを知るいい機会だったが……ま、無理に起こすのも可哀想か。それに皆もいるしな。

ここには何度か来るつもりだし、それは目が覚めていた時の楽しみにしておくか。

◇

「ふぅ、これで遺産は回収出来ましたかね」

全てのお宝を仕舞い終えたノアが頷く。

多数の禁術書に禁具は見たこともないような物ばかりで、その充実ぶりには本当に驚くばかりだった。ウィリアム、グッジョブ。

持ち帰ってから内容は精査するらしいが、待ち切れない俺は既に何冊かチラ見している。

なお、その間も神竜は寝たままだった。時折俺の方をチラチラ見ていたが、多分気のせいだろう。

「よーし、それじゃあ、撤収しようぜ。ほらそこ、お宝の確認は帰ってからでいいだろが！」

「……はいはい」

こっそり読もうとしていたのがバレたようである。ちっ。

「仕方ないですね。さ、戻りましょうロイド君」

俺と同様、禁具を漁《あさ》っていたコニーに引きずられ渋々皆の元へ戻ろうとした、その時である。

コニーが立ち止まる。

「……ロイド君、何か声が聞こえませんでした？」

「いや、特には聞こえなかったけど」

空耳ではないだろうか。

グリモとジリエルも首を横に振った。

しかしコニーは気になったようで、壁の方へ歩いていく。

しゃがみ込んで何やら調べていたかと思うと、突然壁面がガラガラと崩れ落ちた。


「び、びっくりした……」

目を丸くするコニー。崩れた壁の向こうには道が続いていた。

「なんだぁ？　いきなり通路が現れやがったぞ⁉」

「我々も知らない道ですね……一体何なのでしょうか」

どうやらノアとガゼルも知らない道のようだ。

といっても二人も知識として知っているだけだろうし、何百年も前のダンジョンなんて何があっても不思議ではあるまい。

まるで隠すように埋められた道……怪しい。

「もちろん、行くよね？」

「う、うーん……危険はないでしょうか……」

「ここまで来たんだし、今更だぜ」

俺の言葉に戸惑うノア。その背をガゼルが励ますように叩《たた》く。

そうそう、もっとすごいお宝があるかもしれないのだ。引き返す選択肢なんてあるはずがないだろう。


「ま、僕たちの方も大した疲労はないしね」

「何があってもお守りします。ご安心をロイド様」

アルベルトとシルファの許可も得たところで、俺たちは改めて奥へと進む。

しかし思った以上に道は短く、あっという間に行き止まりとなった。

そこに置かれていたのはお宝ではなく、魔族らを封印する祠。

ただ違うのは大きさで、魔軍四天王が封印されていた石と比べても数倍はありそうだ。

「こんな所に封印が……しかもこの大きさ、尋常ではありませんね。封印というものは閉じ込める対象の強さに応じたサイズが必要となる。一体どんな化け物が封じられているのでしょう……」

「恐らく御先祖が封印したものの、俺たちには任せられないだろうと存在を隠したんだろうぜ。見ろよ、封印も半永久的に続くよう、異常なほどの魔力が込められてやがる」

封印を見上げて唸《うな》るノアとガゼル。

確かに雰囲気があるな。僅かに魔力が漏れ出ている気がするが、その質は今まで感じたことがない程だ。

「ややや、ヤバいですぜロイド様！　とんでもねぇものが封印されてるに違いねぇ！」

「ささ、先程から震えが止まりません！　この部屋にいるだけでも消滅してしまいそうです！」

グリモとジリエルがガクガク震えている。

よっぽどとんでもない奴が封印されているようだ。

俺にはそこまでの圧力は感じないが、魔力体である二人には辛《つら》いのだろう。

「ま、まぁ害はないなら放っておけばいいんじゃない？　用は済んだし早く戻ろうよ」

「せ、せやな。なんやここは薄寒いわ。冷え性のウチにはちと応《こた》えるで。あはは」

レンの提案にビルギットが乗っかる。見れば皆も震えており、同感とばかりに頷いた。

ただ一人、コニーを除いて。

「……何だろう。変な感じ」

そう言ってコニーは封印の石に手を触れている。

瞬間、中から何か鼓動のようなものが聞こえた気がした。

「何か感じるのか？　コニー」

「うん、よくわからないけど……何だか懐かしい、ような……」

コニーは封印が気になっているようだが、皆は既に帰ろうとしている。

仕方ない。またこっそり忍び込むなりして調べてみるかな。

そんなことを考えながら部屋を出る。その際、背後からピシと乾いた音が聞こえた気がした。

◆

暗闇の中、三人の男女――復活した魔軍四天王たちが水晶を見つめていた。

「お、おい！　あの封印石、もしや魔王様のものではないか⁉」

「間違いないわねぇ。どこにあるのかと思っていたけど、まさかあんな所に隠されているとは思いもよらなかったわ」

「うむ、しかも器との接触により封印に亀裂が入ったようだの。魔王様の魔力は確実に器へと流れ込んでおる」

にわかに色めき立つ三者だが、しかしすぐに難しい顔をする。

「だが……あの程度の傷では魔力の流れ出る量が少なすぎる。あれでは魔王様が復活する前に器の寿命が尽きてしまうぞ」

「えぇ、下手したら私たちより弱い状態で復活してしまうかも」

「それはマズいのう。しかしあの封印は頑強過ぎて破壊は不可能、配下である我らが器に接触できれば覚醒が早まるかもしれぬが……」

重々しい口調の三人、その視線はコニーの傍に立つ少年、ロイドに注がれていた。

「……この小僧が邪魔、だな」

「ヴィルフを軽々倒すようなコだもんねぇ……私たち全員でかかっても勝てないでしょ」

「はて、そうだの。……ふぅむ」

一人がしばらく考え込んだ後、口を開いた。

「どうだろうか皆の衆。ここは一つ、この翠《みどり》のガンジートに任せてみては貰えぬか？」

ガンジートと名乗った男は、そう言って片目を閉じてみせた。

◆

ダンジョンから出てきた俺たちは、手に入れたお宝を持ってノアの部屋へ向かう。

部屋は整然としており、皆が入ってもまだスペースがあるほど広い。お宝を調べるのにうってつけだ。

「さて、それではお楽しみの時間といきますか」

ノアが仕舞っていた禁術書や禁具が整然と床上に並べられていく。

「しかし……今更だがいいのかい？　それらはボルドー家の秘宝とも言えるものだろう。我々に見せるのはマズいのでは？」

「ふっ、気にしないでくださいアルベルト様。あなた方には本当に世話になったのです。それに魔族が襲ってきた時には力をお借りすることもあるでしょうし、これらの遺産は好きにお使い下さいませ」

アルベルトの問いにノアが答える。

いいって言ってるんだし、遠慮なんかしなくていいのになぁ。

「ふむ、それにしても素晴らしいですね。様々な魔術書、そのどれも見たことがないものばかりだ」

「ほうほう、こいつは魔力増幅の術式書だな。書かれた術式を読むだけで体内の魔力線を新たに構築、更に増幅するものだぜ。つーか他のも全部そういった効果のモンだな。ま、何をするにも基礎能力が大事ってことかよ」

ノアとガゼルが興奮した様子で本をめくっている。

俺はまぁ、さっきチラ見したから既に粗方の内容は把握している。

「ふーむ、これがかの魔術の祖が残した遺産か。どれもこれも素晴らしい物ばかりだ。だがこうも簡単に魔術師としてのレベルを上げられるとなると、邪な者に渡った際が怖いな。まさしく禁断の書といったところか」

アルベルトは禁術書と呼ばれるが故の危険性を案じているようだ。

まぁ俺としてはお手軽強化により魔術師全体の平均レベルが上がるのは歓迎なんだけど

な。なんだけれども……


「なんかロイド様、あれらの書物にあまり興味なさそうですな」

「ざっと目は通しておられましたね。しかしロイド様の魔力は全く変わっていないようですが……」

「そりゃ既に上限までいってるからだろ」

そう、あれらの禁術書には体内の魔力線を増幅させる術式が込められている。

読んだ俺に何の変化もない理由は、俺自身が既に殆どの体内魔力線を構築、増幅し尽くしているからだ。

魔術というものは術者の魔力、そして行使する魔術の術式理解により効果が大きく変わる。

前者は魔力を体内に巡らせるなどの修行、後者は様々な魔術書を読み理解を深めることでより向上する。

勿論最終的にどこまで極められるかは本人の才により、あれらの禁術書はいわば体内の魔力線を自動構築するのを助けるというもの。

日々の実験と修行により自身の魔力線を極限まで増やしている俺には、これらの書を読んでも効果はない。

「昔からこの手のお手軽強化道具は極めた魔術師には殆ど効果がないのが通説だが、それにしても全くの効果なしとは……どんだけ鍛えてるんだって話だよ」

「更に言えばこれらの強化は無理、無駄、ムラが出やすいもの。歴史に名を残すような魔術師は結局地道な修行をし続けた者ばかりです。そこまで理解しているからこそ、ロイド様はひたすらに基礎能力を鍛え上げたのでしょう。流石という他ありません」

グリモとジリエルが何やらブツブツ言っているが……うーん俺としては書によって魔力線が増える感覚を是非体感してみたかったなぁ。とても残念である。

「で、そっちはどうだい？　シルファ」

一方、禁具の品定めをしていたシルファらに声をかける。

「はい、とても良いものばかりです」

シルファがそう言って手にしていた剣を抜くと、向こう側が見える程に透き通った刀身が姿を現した。

「なんだそりゃ？　透明な剣……ガラス細工か？」

「いや、術式を編んで刀身を形作っているようです。しかもかなり強力な封印魔術の術式のようだ。まさに神業ですね」

ノアとガゼルが唸る。シルファは目を細めてそれをじっと見たのち、静かに鞘《さや》を鳴らした。

「――『白一文字』と銘打っているようですね。ロイド様から頂いた『竜殺し』程ではありませんが、かなりの業物のようです」

術式と鋼を重ね、頑丈さに重点を置いた魔剣『竜殺し』……そりゃまぁ自信作だけど、術式だけで編み作られた変態みたいな剣とは比較にもならないだろう。評価高すぎである。

しかしこの剣、術式のみで作られているのだとしたらその厚みはないも同然で、それだけに脆《もろ》い。

シルファでも使うのは難しそうだな。下手に使えば一撃で術式ごとオシャカになりそうだ。

「ね、ねぇロイド。これってヤバくない……？」

今度はレンが一本の小刀を手にして言う。

柄《つか》の根本にはフラスコが鎮座しており、そこから三つに枝分かれした刃が生え、更にその一本からは鋭い棘《とげ》が何本も飛び出している。

何とも禍々《まがまが》しい形状のナイフを見て俺は頷く。

「へぇ、面白いな。言うならば毒の増幅器と言ったところか」

レンが魔力を性質変化させて生み出し、武器とする毒だが、これには様々な防御手段が意外と存在する。

距離を取ってもいいし、防護幕で防いでもいい。ワクチンや解毒、回復魔術などを使ってもいいだろう。

しかしあくまでそれは毒の量が少ない場合の話。

大量、かつ高濃度の毒はまさに兵器、当然治癒は困難だ。

このナイフには投入した毒をその内部で増幅、濃縮させるような術式が刻まれているのである。

小刀に刻まれた銘は『練毒刀』、まさに毒を練る刀というところか。

「あまりに危険すぎる……少しでも扱いを間違ったら、大惨事になってしまうよ！」

不安に声を荒らげるレン。俺はその頭にそっと手を載せる。

「ロ、ロイド……？」

「それが分かるレンなら上手く扱えるさ。毒と薬は表裏一体。結局は使いようだと以前にも言ったろう？」

「それは……うん。そうだけど……」

自らの毒を忌み恐れるレンに、俺はかつてそう言った。

そしてあれから修行を続けたレンはあの時とは違い、様々な薬毒を使いこなせるようになっている。

「だから大丈夫だ。それに何かあっても俺が何とかしてやる」

「ロイド……うん！」

くしゃっと顔を綻ばせ、レンは練毒刀を鞘に仕舞い、その小さな胸に抱える。

この練毒刀、今のレンの知識、技術なら様々な生成の幅が広がるはず。

そうしてレンが成果を出せば俺へ色々と還元されるし、とても有益だ。うんうん。

「完全に自分のことしか考えてねぇ顔ですな。このちびっ子も不憫《ふびん》なモンだぜ」

「ふっ、レンたんはそれを理解したうえで喜んでいるようですよ。何とも尊いではありませんか」

グリモとジリエルが何やら好き勝手言っているが——それよりもコニーだ。

手にした小箱を何かに取り憑《つ》かれたようにじっと見つめている。

その小箱からは俺もまた妙な感覚をひしひしと感じていた。

「その魔道具、変な気配がするな」

「うん、どうやら魔力を封じる力があるみたい。しかもとても強い……」

魔力を封じる魔道具か。コニーからそれを受け取ると、確かに箱を中心に魔力が消失するのがわかる。

「おお、これは反転術式というやつか」

本来、術式というのは魔力を増幅し具現化させるものだ。それを反転、魔力そのものを消滅させるものが反転術式。

この手の術式は術者本人にも作用する為、発動と同時に術式への魔力供給が断たれることで不発に終わる。

つまりは魔力を消す魔術で、それ自体の効果も不発にするという、パラドックス的な理屈である。

魔道具を使えば理論上は発動可能では？　と研究されていた時期もあるらしいが、結局のところまともな効果が得られなかったという話を何かで読んだ気がする。

「しかし反転術式なんて初めて見たよ。範囲は小さいが効果は本物だな」

「うん、私も初めて見るよ。……それにしてもこの魔道具に刻まれている術式はオリジナルの魔術言語かな」

術式は読めないので恐らくとしか言えないが、魔力ではなく別の何かを動力源にしているのだろうと推察される。——多分その何かってのは、大地の魔力だな。

大地の魔力とはダンジョンや魔物の生育などに使われているらしく、人が持つ魔力とは波長が異なる。

なるほど、それを使えば人が放つ魔力のみを消し去れるのは道理だ。

しかしあまり研究が進んでいない大地の魔力に関してもここまでの理解があるとは流石は魔術の祖、すごいものである。

「封魔器——とでもいうのかしら。これがあればもしかしたら……」

口元に手を当て考え込むコニー。

なるほど、この魔道具はまさしくコニーが求めていたものだ。

コニーが魔道具作りを始めた理由は自分たちの村を救う為。

村の周囲には強力な大地の魔力が満ちており、そこに住む村人たちは魔力障害で生活に不自由するほど病んでしまった。

そこでコニーは彼らから余分な魔力を吸い取る魔道具を作り出そうとしていた。しかしこの魔道具があれば——

「あぁ、上手くいけばコニーの村が救えるかもな」

頷くコニー。大地の魔力がそこまで濃くないこの辺りでも俺の魔力を消せるのだ。人々が魔力障害に冒される程大地の魔力に満ちている場所なら、それを動力に村周囲の大地の魔力を消滅させることも可能だろう。

そうなれば村人たちはまともな生活が送れるようになるかもしれない。

「あの、ノアさんガゼルさん。よろしければこの封魔器をお借りしてもよろしいでしょうか？」

頼み込むコニーに二人は顔を見合わせる。

俺もそれに続いた。

「俺からも頼むよ。人助けだと思ってさ」

「……道具は人の役に立ってこそ。人々を助ける為というならば当然お貸しいたしましょう」

「つーか、元々貸すつもりだったんだろ？　兄貴よぅ」

ガゼルの言葉に微笑を返すノア。

晴れて許可を貰ったコニーは嬉《うれ》しそうに俺に頭を下げた。

いやいや、嬉しいのは俺の方だよ。

魔力を消失させる魔道具を、実際に使用する様子を間近で見られるのだからな。うんうん。


「やれやれ、優しいなロイドは。だが変に思わせぶりな態度を取ると後が大変だぞ？　まぁそれも人生経験か。ふふ、ふふふふふ」

アルベルトがブツブツ言いながら生暖かい視線を向けてくるが、それより早く実際に試してみたいところである。

いやぁ最初は外れかと思ったけど、中々面白いものがあって良かったな。

早く使ってみたいものである。

◇

「ロイド君、ちょっと封魔器をバラすの手伝って貰えないかな？」

ノアの部屋から戻る途中、コニーが俺に声をかけてきた。

なるほど、分解して構造を把握しようというわけか。

魔道具を構造すら知らずに使うのは非常に危険だ。

間違った使い方をすれば故障するだろうし、何らかの被害をもたらすことだってあるだろう。

故に謎の魔道具はまず分解し、構造を理解するのが基本。


「もちろんだ。是非手伝わせてくれ」

俺は当然二つ返事で頷く。

これは魔術に関しても同じ。術式を十分に理解していない者が魔術を使うのは非常に危険な為、俺は新しく覚える魔術などは何度も何度も分解、解析、再構築を行い、自分好みに改造したりするのだ。

というかまぁ、何と言ってもこの作業が一番楽しいのである。

なので言われなくても参加するつもりだったんだけどな。

「ふふっ、ロイド君ならそう言ってくれると思ってたよ。じゃ、行きましょうか」

というわけで向かった先は学園の魔道具部。

様々な魔道具や部品、工具でぐちゃぐちゃだが、もはや勝手知ったる何とやらだ。

封魔器を台座に置き、外装を次々外していく。

「ほうほう、内部もやはり見たことない術式ばかりだな」

「回路の組み方も独特でとてもユニーク」

複雑に絡み合った術式と各部品を繋《つな》ぐ回路を見てコニーは唸る。

そうだ。これからバラすのだから図面を記録しておいた方がいいな。

俺は紙とペンを手にして、サラサラとこれらの図を描き始める。

「わ、ロイド君、絵が上手なのね」

「魔術で真似《まね》をしているだけだよ」

自慢じゃないが俺は絵が下手くそである。

制御魔術によりアルベルトの画力を再現しているだけなのだ。

「よし、こんな感じかな」

出来上がった図面を見て、その出来栄えに頷く。

以前、ディガーディアの設計、デザインを起こしたアルベルトの画力は流石だな。

「ありがとうロイド君、これで思う存分バラせそう」

コニーはそう言ってメガネを持ち上げ、工具を手に取りすごい速さで分解していく。

相変わらずとんでもない速度だな。魔力を持たない魔宿体質のコニーは、代わりにとんでもない器用さを身につけているのだ。

「ふぅ、だいたいバラせたね」

「こっちも写し終わったぞ」

あっという間に封魔器はバラバラになり、コニーは俺が描いた図面に更に色々と書き込んでいる。

俺もまたこれらに刻まれた術式の読み取りを堪能していた。

以前から開発していた魔術言語を翻訳する術式、これを使えば術式の翻訳が可能なのだ。

神聖魔術とか古代魔術とか、様々な魔術言語サンプルが増えてきたからな。こういった翻訳術式が使えるようになったのだ。

多少カタコトにはなるものの、結局は人が作ったもの。作成者の意図を汲《く》み取れば十分に理解できる。

……ほうほうなるほど、こういう構造なわけか。ふむふむ納得。

俺が頷いている横でコニーも考え込んでいる。

どうやら俺と同じことを考えているようだ。すなわち――

「残念だがこの封魔器をそのまま使っても、村を救うのは難しそうだな」

俺の言葉にコニーは頷く。

この封魔器にはかなり強力な制限がかけられており、広範囲に作用するものではなさそうだ。

現在の有効範囲は半径三メートルといったところか。これでは封魔器の周囲にいる人たちにしか効果はない。

「恐らく大地の魔力を減らしすぎないようにする為だと思う。歴史上、魔力を失った大地は地滑りや洪水など、災害が起こりやすいから」

「広範囲の魔力を消し去るのも普通にヤバいもんなぁ」

例えば封魔器を起動した時、丁度近くに魔物と戦っている魔術師がいたとしたら、何が起きたかもわからず殺されてしまうだろう。

戦闘だけでなく、魔術は生活用の水や火の供給、更には交通面でも重宝されている。

それがある日いきなり消失してしまえば困ったことになるのは間違いない。

「制限を外せば村全体から魔力をなくすことは出来ると思うけど、何が起こるか分からないのは怖いよね」

「量産して一家に一台配れば、いい感じになるんじゃないか？」

我ながらナイスアイデア、しかしコニーは首を横に振る。

「難しいと思う。構造どころか役割もよく分からない部品が沢山あるし、同じ物は現段階ではとても作れない」

「そういうことなら仕方ないな」

俺は魔道具は専門外だからな。術式のことしかわからない。

ちなみに昔レンたちにしたように、村人一人一人に魔力を制御する術式を組み込むのは却下だ。

コニーの村には千人近くの人が住んでいるらしいし、そんな彼らに言うことを聞かせるのは面倒……大変だろう。聞き分けの良い人たちばかりではないだろうしな。

ついでに言うと術式には数年おきにメンテナンスも必要だし、老人子供、病人などに術式を刻むと反動で逆に危ない可能性もある。

そもそも魔術の祖が禁具と定めるような危険なものだ。下手に弄《いじ》るととんでもないことになるかもしれない。だが、しかし、でも——だ。

「村人たちの命には代えられない、だろ？」

数日前に村から手紙が届いていたらしく、それ以来コニーは魔道具の研究により精を出していた。

内容は見てないが、状況は芳しくないのだろう。

「……うん。お母さんの調子、大分悪くなってるみたい。あまり猶予はない。行きましょう。ぶっつけ本番になるかもしれないけど、悠長にしている暇はない」

「だなっ！」

力一杯同意する。

人命には代え難いものな。うんうん。

「んなこと言ってロイド様、ただ実験がやりたかっただけなんじゃないんですかねぇ……」

「かといってどうすべきなのかは我々には考えも及びませんが……」

グリモとジリエルが何やらブツブツ言っているが、俺たちのやるべきことは一つ。

実験と検証、そして村へ行き、何とかする。

何事もまずは動かなきゃ始まらないからな。うんうん。

◆

街から数キロ離れた農村にて、一人の老人が田んぼの畦道《あぜみち》に座り込んでいた。

どこにでもいるようなその姿を誰も気に留める者はなく、ただ通り過ぎていく。

老人は額の汗を拭いながら、誰に言うでもなく呟《つぶや》く。

「ふむ、どうやらあの小僧、器と共に街を出るつもりのようだの」

老人は魔軍四天王が一人、ガンジートが変化した姿であった。

姿を変えて村人に紛れ、ロイドらの動きを探っていたのだ。

「それにしても封魔器を持っているとは何たる好都合。あれは人の魔力のみを消失させる魔道具。我ら魔族には効果がなく、それ故に封印されていた物よ。先回りして上手くタイミングを見計らえばワシが封魔器を起動することも可能。魔力さえ失えばあの小僧といえども……くふふふふ、どうやらワシの思惑以上に上手くいきそうだのう」

ガンジートはほくそ笑みながら、溶けるように姿を消す。

その様子を見た者は誰一人としていなかった。

◆

「ってなわけでこれからコニーの村に行くわけだけど……」

俺の言葉にシルファとレン、そしてシロが頷く。

「もちろん我々も同行いたします。ロイド様」

「早く村の人たちを助けなくちゃね！　コニー」

「オンッ！」

普段は正直言って邪魔だが、封魔器が起動すると俺は魔術が使えなくなるし、シルファたちがいてくれるのはありがたいか。

村はここから百キロ以上離れているらしいが、シロに乗れば半日程で辿《たど》り着くだろう。

「では頼みますよ。シロ」

「オンッ！」

皆を乗せ、元気よく走り出すシロ。

だが心なしか、その速度はいつもより遅い気がする。

「……くぅーん」

シロが弱々しく鳴き声を上げる。

一体どうしたのだろうか。調子が悪いのかな。

「あ、ごめん。私が重いんだと思う」

そう言ってコニーがシロから飛び降りる。

着地と同時に、ずん！　と地面に足がめり込んだ。

それを見たレンが目を丸くする。

「お、重そうだねそのリュック……やたら大きいし、一体何が入ってるの？」

「魔道具とか工具とか計器とか。色々」

そういえば出立の前にリュックの中に色々詰め込んでいたっけ。

軽々背負ってはいるが、多分百キロ以上あるだろう。

魔宿体質のコニーだから持てているが、それを乗せるシロはたまったものではないな。

「だがどうやってついてくるんだ？　シロは意外と速いぞ」

「大丈夫。これがあるから」

コニーがリュックから取り出したのは一枚のボード。宙に放るとそれはふわりと浮かんだ。

「私が作った魔道具、エア・ジェッター。これに乗ってここまで来たの。そこそこ速度も出るし、その子にもついていけると思う」

「へぇ、浮遊の術式を刻んだ魔道具か」

そういえば初めて会った時、俺たちより早く街へ着いていたな。

コニーがそれに乗ると、多少沈みつつも何とか浮力を保っている。

そのまま地面を何度か蹴ると、エア・ジェッターはどんどん加速し始めた。

ほう、あれだけの重さのコニーを乗せつつも高速で飛ぶとは、やはりコニーの魔道具作りの技術は大したものである。

「オンッ！　オンッ！」

それを見て、シロも負けじとコニーを追走するのだった。

◇

そうして走り続けた翌々日、岩山の向こうに村が見え始めた。

「あそこが私の村だよ」

「おー、ようやくか」

本来なら半日ほどで着くとはいえ、道中は魔物やら何やらで足止めされることもあるので二日かかってしまった。

「何言ってるの。ロイドが道中実験しまくってたからじゃない……」

「そうだったかな……？」

ジト目で俺を見てくるレンから目を逸《そ》らす。

確かに休憩のたびに封魔器の起動実験をしていたのは事実だが、これは仕方あるまい。

制限を外した時の挙動とか、魔力を持たない人間への効果とか、魔物への効き具合とか、どこまで魔力を消せるのかとか、大地の魔力以外に原動力になるものはないのか……等々、試そうと思えば幾らでも試すことがあったのだから。

本来ならもう数日くらいやりたかったけど、皆が白い目で見るから渋々最低限で切り上げたんだぞ。

「ま、まぁおかげで人に使っても安全だって分かったし」

「始祖の魔道具とはいえしっかりと検証を怠らないとは、流石はロイド様でございます」

コニーがフォローし、シルファはしたり顔で頷いている。

いや、まぁ多少の趣味が入っているのは否定しないけどな。

それに検証は幾らしても検証に過ぎない。結局は出たとこ勝負だ。さて、どうなることやら……楽しみだな。

◇

「おおっ、コニーちゃんじゃないか。学園から戻ってきたのかい？」

村に近づくと門番らしき男が声をかけてくる。

「ダンカンさん、ただいま」

「おかえり。その子たちは学園で出来た友人かい？」

「うん。……その、お母さんの容体は？」

「あぁ、今は安定しているみたいだよ。すぐ会いに行ってあげな」

「ありがと」

コニーはペコリと頭を下げると、真っ直ぐに駆け出す。

相当心配なんだろうな。

「はっはー、どうだね君たち。コニーちゃんはいい子だろう?」

見送っていると、ダンカンと呼ばれていた男が話しかけてきた。

「あの子は小さい頃から優秀でね。長年病に苦しめられてきた俺たちの村を救うべく、ずっと勉強をしてきたのさ。お陰であのウィリアム学園にも通えるようになったんだ。勉強だって忙しいだろうし、都会の生活は楽しいだろう……なのに病気の母の為に急いで帰ってくる……くうっ、なんて優しい子なんだコニーちゃん……っ!」

得意げにブツブツ言い始めたかと思うと、突然泣き始めるダンカン。

忙しい人だな。……放置して行こうかな。

コニーについて行こうとすると、がっしと肩を摑《つか》まれた。

「待ちなって。久々の親子水入らずなんだし、もう少しゆっくりさせてあげようじゃないか。代わりと言っちゃ何だが、村を案内してやるよ。コニーちゃんの友人に暇をさせるわけにはいかんからな」

「……ん、それも悪くないか」

それにこの村のことも気になるしな。

大地の魔力で満ちた土地、何とも言えない強力な圧を感じる。

村人たちの症状も気になるし、コニーについて行くよりダンカンに村を案内して貰った方が面白そうだ。

「それじゃあよろしく。ダンカンさん」

「おうっ！　任せときな！　……と言いたいところだが、よく考えたら外の人間にはこの村を歩き回るのはキツいかもしれないな。大人しく待っておいた方がいいんじゃないかい？」

ダンカンは俺たちを見て言う。

この村は岩山の上に建てられている。

恐らく岩壁を天然の魔物除けとして使っているのだろう。そこら中に段差があり、防衛面はともかく、生活するのは大変そうだ。

ついでに言うとこっちは女子供に犬だからな。気遣うのも分からなくはない。とはいえ――

「いや、問題ないよ」

「オン！」

元気よく返事するシロ。疲れたら自分の背に乗れ、とでも言っているのだろう。

「そうかい？　ならいいがよ」

俺の言葉を訝《いぶか》しみながらも、ダンカンは歩き出すのだった。

歩き始めて小一時間程経っただろうか。

村は狭いが縦に長く、岩山に掘ったような粗作りの階段を登り降りする必要があり確かに移動は大変だ。

ダンカンがしつこく言うのも無理はないな。

「……驚いたぜ。余裕でついて来られるとは思わなかった」

とダンカン。

シルファは全然平気だが、シロはダウンしたレンを乗せている。

俺は『浮遊』でちょっと浮いていたから全く疲労はないが。

「それにしても意外と元気な村人が多いですな。もっと病で苦しんでいるもんかと思いやしたが」

言われてみればグリモの言う通り、村を歩いている人をちょいちょい見る。

もっと少ないかと思ったが、意外だな。

「大地の魔力が強い場所は幾つかあるが、この手の魔力障害は若い頃は比較的元気でいられるのだ。しかし身体に見合わぬ魔力を浴び続けることで寿命が縮まる」

「そういえば若者が多いな。詳しいじゃないか。ジリエル」

「ええ、このような地では昔から信仰が厚いものですから、我々の目にもよく留まっておりました」

大地の魔力が満ちる条件は地脈の流れが強かったり、生前強力な魔力を持っていた偉人の遺体、伝説的秘宝が埋まっているなど、曰《いわ》くつきの場所が多い。

そういった地に暮らす人々は、やはり信仰が厚くなるのだろう。

天使であるジリエルはそんな人間と密接に関わっていたようだ。

「……しかし、ここは天界でもあまり知られていない地ですね。この辺りは私の担当なのですが、記憶にありません」

「どこもかしこも信仰の厚い人間がいるってことはねぇだろ。つーかこの村、どっちかって言うと俺たち魔人に近い気配を感じるな。ほら、アレとかよ」

グリモが視線を向ける先、渓谷深くには石碑のようなものがある。

そこから感じる妙な気配は確かにグリモたち魔の者に近いような気もする。

「ねぇダンカンさん、あれって何？」

「あぁ、ありゃこの村が出来る前からずっとある石碑だよ。どうもあの周囲には魔物が寄り付かないみたいでな。……何？　行くのはダメだ。村人でも入るのは固く禁じられてるんだからよ。そんな残念そうな顔をしてもダメっ！」

むぅ、断られてしまったな。残念だ。

ま、皆が寝静まった夜にでもこっそり見に行けばいいか。


「どうやら終わったようですよ」

シルファの指差す方からはコニーが手を振り歩いてくる。

横にいるのはヨボヨボの老人だ。


「村長！　起きてて大丈夫なんですか？」

「ほっほっ、コニーが帰って来とるんじゃ。のんびり寝てなどおれんわい」

どんと胸を叩く村長の足元がフラつく。

全然大丈夫ではなさそうである。

「コニー、母親の具合はどうだった？」

「そこまで悪くはなかった……けど、そんなに猶予もない、かも。だから村長に頼んで封魔器を使う許可を貰ってきたの」

なるほど、だから一緒なのか。

しかし怪しげなことをしようとしているのに、村の人たちは何も言わないのかな。

「ほっほっ、正直説明されてもよくわからんかったが、コニーがワシらの為にやってくれとるんじゃ。当然信じとる！」

もう一度どんと胸を叩き、またもよろける村長。

やらなきゃいいのに。


「それにしてもあの小娘、随分と信頼されてますなぁ。余程可愛がられてるんでしょうぜ」

「何の、ロイド様とて負けてはおられん。毎度毎度あれだけやらかしておきながら、目に入れても痛くない程可愛がられておるのだ。中々出来ることではないぞ」

グリモとジリエルが感心したようにうんうん頷いている。

やれやれ、あまり褒められても何も出ないぞ。……なんで二人共、白い目を向けてくるんだよ。

「ともあれ、その魔道具を起動させるには村の中心がいいじゃろう。ほれ、あの石碑まで行こうかのう」

「はい、村長」

よろよろと山道を歩く村長の後を俺たちはついていく。

「――ロイド様」

俺のすぐ後ろを歩くシルファが、耳元で囁《ささや》く。

「何処からか幽《かす》かな殺気が感じられます。当然私どもが指一本触れさせはしませんが――心の準備だけして頂ければと」

シルファは真剣な口調だ。へぇ、俺は何も感じないけど、武術の達人であるシルファにしか感じられない何かがあるのかもしれない。

だがそこまで気配を隠すのが上手く、シルファが警戒するような相手……一体何者だろうか。

折角の実験を邪魔されると困るんだけどなぁ。

「――それじゃあ、いくよ」

石碑のすぐそば、村の中心地にてコニーは封魔器を起動させる。

駆動音と共に封魔器が大地の魔力を吸収していく。と同時に反転術式による魔力消失が発現した。

周囲の魔力が薄れていく――

「お、おおお……これはすごい！」

「ワシらを苦しめていた魔力が消えていく……」

村長を始め集まっていた人たちの魔力が薄れていくのが見える。

効果範囲も目論見通り、丁度村を覆うように展開出来ており、大地の魔力も極端に減少してはいない。

つまり封魔器はいい感じで起動している。これなら時々調整するだけで村には平和が訪れるだろう。

ふむ、そして俺の魔力もかなり弱まってきたな。

中々面白い感覚だ。周囲に纏《まと》った魔力が空気に溶けるように霧散していく。

「へぇ、この魔道具は俺らにゃ効果ないんですな。ロイド様の魔力が削られちまって、今は俺らの方が多いくらいですぜ」

「うむ……今ならロイド様の身体を乗っ取って……いやいや！　そんなことは……だが

しかし……」

　グリモとジリエルが何やらブツブツ言っているな、そう思った直後である。

　ぎぃん！　と鋭い音が辺りに響いた。

　見れば俺の背後には槍《やり》が突き付けられており、それをシルファが剣で防いでいる。

　槍を手にしているのは——ダンカンだ。

「だ、ダンカン！　貴様何をしとるんじゃ！」

「血迷ったか！　その槍を下ろせ！」

　それを見た村人たちがざわつく。

　ダンカンは濁った眼で俺を睨《にら》みながら、怪しい笑みを浮かべていた。

「くはは。まさかこの一撃を防がれるとはのう。人間にしてはやりおるやりおる」

　その口調は先刻と全く異なっている。

　シルファは槍を弾き飛ばすと、剣を構え直し目を細めていく。

「……やはりあなたでしたか。いえ、正確にはあなたの中にいる者、というべきでしょうか」

「そこまで見破られとったか。全く、警戒すべきはその小僧だけと思っとったがのう」

ダンカンは口角を歪《ゆが》めながらも腰の剣を抜き放つ。

「ロ、ロイド……あれって……！」

「あぁ、身体を乗っ取られているな」

魔力体である魔族は人の身体を乗っ取り、操ることが可能である。

以前、暗殺者ギルドのリーダーだったジェイドは魔族に身体を奪われた。ダンカンも同様に奪われていたというわけだ。

「しかしここで俺を狙う魔族か……それってやはりアレだろうか。魔軍ナントカ……」

「魔軍四天王！　忘れますか普通⁉」

そうそれだった。仕方ないだろう。他にやることもあったし、あまり興味なかったんだからさ。

ジリエルの言葉に俺はうんうん頷く。

「つーかあの構えは魔界最強流派、天魔一刀流ですぜ！　そして魔軍四天王で剣の使い手と言えば——天魔一刀流創始者にして最強と謳《うた》われたあの剣魔ガンジートじゃねーっす

か！」

へぇ、詳しいじゃないかグリモ。

そういえば昔は連中の手下だったっけ。確かにガンジートがゆるりと剣を動かすその仕草はまさに達人と言うべきものである。

「ほほっ、ワシを知っとるとは光栄だわい。如何にもワシの名は魔軍四天王が一人、剣魔ガンジート。義も勇もなき不意の襲撃にて恐縮だが、それでも為さねばならぬが故、主らの都合構わず参らせて貰おうか——のッ」

口上が終わるのと同時、ガンジートの腕が消えた。そう思わせる程の速度で剣が振るわれたのだ。

横薙《よこな》ぎ一閃《いっせん》、周囲の岩々が真っ二つに切り飛ばされる。

だがその線上にいた村人や俺たちには何の影響もない。シルファが剣で防ぎ止めたからだ。

「ラングリス流双剣術——竜絡み」

シルファの持つ竜殺し、そして白一文字を交差させた防御。それでも受けた衝撃でシルファの足元は地面深くめり込んでいた。

ぎりぎり、と二人の剣がきしむ音が聞こえてくる。

「ほっ、こちらはただの鉄剣とはいえワシが魔力を込めた斬撃を防ぐとは、大した娘じゃのう」

ガンジートの殺意が膨れ上がる。瞬間、シルファは目を見開いて二刀を閃《ひらめ》かせた。

同時に二人を中心に無数の火花が散り踊る。

まさに剣戟《けんげき》の嵐、とても目では追えない速さだ。

「レン！　シロ！　ロイド様たちを連れて下がりなさい！　今すぐに！」

「ははは、はいいっ！」

「オンッ！」

シルファが檄《げき》を飛ばすと、レンとシロが慌てて俺たちを連れて離れる。

そして近くの岩陰に身を隠した。

あまり離れ過ぎるとシルファがカバー出来ないからな。いい判断である。

「ね、ねぇロイド！　魔軍四天王ってすごく強いんでしょう⁉　助けに入った方がいいんじゃない⁉」

「無理だな。あんな嵐みたいな中に入るのは自殺行為だよ。それに俺は今、魔力を殆ど失っている」

封魔器による魔力消失が俺に効いていることで、現状は大した魔術は使えないのだ。

ガンジートはそれを狙って攻撃を仕掛けてきたのだろう。

「とかいいつつロイド様、何か手はあるんでしょ？　余裕があり過ぎやすぜ」

「そういえば道中の実験で、魔力が消えた状態で何やらやっておられましたよね」

魔力が消えた状態なんて中々ないから、その状態で魔術を使えばどうなるか、どうすれば使えるか、その際体内でどんなことが起こっているか……色々と試していたのだ。

その結果、魔力の周波数を無理やり変えることで、ある程度であれば魔力を使えるようには出来るようにしたのである。

流石に完全に使えなくなるのは不便だからな。

しかしあくまでも何とか使える、というレベルあり、出力も制御も大分落ちてしまう。

そんな状態で魔術を使えば、どうしてもシルファを巻き込んでしまうだろう。

「ってことで、ここはシルファに任せた方が賢明だ」

「そ、そうなんだ……大丈夫かなシルファさん……」

心配そうに見守るレンだが、俺の見立てではそう悪くない戦いだ。

ガンジートは今、人の身体を乗っ取っている。

鍛えた身体や特殊能力を持っていればまだしも、ただの一般人では身体能力に大きく制限がかかっているはずだ。

加えて武器の差、鉄剣に魔力を帯びさせて使ってはいるが、シルファの魔剣二刀流には遠く及ばないだろう。

事実、次第にシルファの方が押し始めている。

「ぬ……くく……っ！　て、天魔一刀流——斬々蟲《ざざむし》！」

「ラングリス流——鏡猿《かがみましら》」

ガンジートが繰り出す高速の突き。シルファはそれを同様の突きで打ち落としていく。

それだけで終わらず、弾幕をすり抜けた突きがガンジートの皮膚を切り裂き、血が舞い散る。

あの技——鏡猿は驚異的な観察眼により相手と同じ技を、僅かに素早く繰り出すのだ。

そうして自分の方が技量が上だという無言の圧力を与え相手の心を折る。そんな技である。

「……ふぅ、これ以上は無駄です。その男の身体から出て行きなさい」

シルファがそうした理由は一つ、ダンカンの身体からガンジートを追い出す為だ。

先刻の攻撃にてダンカンからは血が流れていた。

即ち、その身体はまだ死んではいないということである。今なら間に合う。

「シルファさん……！」

胸元に手を当て、声を震わせるレン。

レンが昔所属していた暗殺者ギルドのリーダー、ジェイドもまた同様に魔族に身体を奪われ帰らぬ人となった。

そんなレンの手前、同じ悲劇を繰り返させるわけにはいかない、か。

「くはっ、お優しいことだわい。確かにこの身体から出て本来の姿で戦えば、もう少しはいい動きが出来るかのう」

「でしたら――」

「ま、やるわけがないがの。こうしておれば男が人質代わりになってお主の剣筋も鈍るじゃろ。……というかそもそもじゃ。言い訳に思われるかもしれんが――」

言葉と共にガンジートが剣で地を突いた。

するとぐにゃり、と地面が揺れる。

「天魔《ワ》一刀流《シ》はまだ、その本気を見せてはおらんぞ？」

うねる土に紛れるようにガンジートは姿を消した。

敵を見失い周囲を見渡すシルファ、その隙間を縫うように鋭い突きを繰り出してきた。

「っ⁉」

防ごうとしたシルファの足元もまた、ぐにゃりと揺れる。バランスを崩したシルファの心臓を狙い、迫る刃《やいば》。

ギリギリで身体を捻って躱《かわ》したものの、シルファの胸元は浅く裂け、僅かに血が滲んでいた。

「うおおおおおっ！　シルファたんのお肌が！　しかも胸元がぁぁぁっ！　何という

ことだぁぁぁっ！」

「大地を自在に操る程の魔力！　翠のガンジートの本領発揮ですぜ！」

波のようにうねる大地に身を隠しながらも迫るガンジート。

死角から繰り出される攻撃にシルファはなす術もないようだ。

「く……ラングリス流――飛燕《ひえん》」

「ほほっ、飛ぶ斬撃か。しかしそれも無意味だのう」

地面が隆起し、シルファの放った斬撃を防ぐ。

まともに反撃も出来ないな。大地を操る力、近接戦ではあまりにも厄介である。それに
……

「ね、ねぇロイド……気のせいかもしれないけど、シルファさんの動きが何だか鈍くなってない……？」

レンの言う通り、シルファの動きは鈍っている。

正確には底上げの効果が切れてきているのだ。

――裏ラングリス流、武身術。

呼吸を用い、体内の気の流れを制御することで限界を超える力を引き出す技である。

シルファはこれを使い、ガンジートを圧倒していたのだ。

しかしこの技は長時間使用し過ぎると身体の機能を蝕《むしば》むという欠点がある。わざわざ鏡猿を使い、降伏を勧告した理由の一つがそれだ。

「はぁ、はぁ……」

息を荒らげるシルファ。それを見てガンジートが嗤《わら》う。

「カカカッ！　やはりお主、自身の限界を超える技を使っておったか！　そんな身体でこの一撃、受け止められるかのう？」

ガンジートの足元が大きく、高く隆起する。

逆にシルファの周囲はすり鉢状に低く、沈んでいく。

「天魔一刀流――剣魔一文字」

剣を上段に構えるガンジート、そのまま高所から飛び降りた。

勢いを増しながら振りかぶった剣を、シルファに叩きつける。

どぉん！　と爆音が響き渡り砂塵《さじん》が舞う。

「シルファさんっ！」

悲痛な声を上げるレン。砂埃《すなぼこり》が収まり、二人の姿が露《あらわ》になっていく。

剣を振り下ろしたガンジート、それを受け止めるシルファの姿が。

「裏ラングリス流武身術――二倍」

シルファの皮膚には血管が浮き出ており、目は赤く充血している。

「ぬ……さ、更に力を解放したじゃとッ⁉」

「ふ――ッ！」

呼吸と共に両腕に力を込めるシルファ。ガンジートの全身が、受け止められていた剣ごと跳ね上がる。

「ラングリス流――二虎・双牙」

ざん！　と目に見えぬ速度で繰り出される斬撃がガンジートを捉える。

何とか反応し受け止めるガンジートだが、その衝撃で遥《はる》か後方まで吹き飛ばされた。

「ぬんっ！」

空中でくるりと回転するガンジート、地面を隆起させ壁を作り、そこへ垂直に着地する。

即座に反撃を試みようとするガンジートだが、シルファは既にその真横に滑り込んでいた。

「ラングリス流双剣術——獅子咆哮《ししほうこう》」

大きく振りかぶった二刀による強撃を放つ。

「ぐぐ……！」

吹き飛ぶガンジートを更なる連撃が襲う。

地面を隆起させ防ごうとするが、それよりもシルファの方が速い。

「——飛燕双刃」

飛ぶ斬撃が、

「——狼牙《ろうが》」

高速の上下段同時斬撃が、

「──八千鳥《ハチドリ》」

軌道の異なる無数に繰り出される突きの連打が、
ガンジートの身体を刻んでいく。

「う、おおおっ⁉」

がががががががが！　と剣戟乱舞を纏いシルファが往《ゆ》く。

その勢いに押され、ガンジートは一歩、また一歩と後ずさる。

あれが武身術二倍……普段のシルファとは比較にならない動きである。

このまま押し切れるか──そう思われたその時、シルファが足を止めた。


「……けほっ」

咳《せ》き込むシルファ、その口元からは血が零《こぼ》れている。

身体能力を極限まで解放する武身術、それを二倍の出力で使っていたのだ。

当然負担も倍増である。

シルファの指先は震え、全身から汗が噴き出している。


「ふぅむ、そろそろ限界のようだの」

対してガンジートの傷は既に癒え、折れかけていた剣までもが修復されていた。

魔族の回復力は凄まじい。多少ダメージを与えた程度ではすぐに回復してしまう。

人の身体を乗っ取っていてもそれは同じだ。


「お主の剣技の冴《さ》え、まこと素晴らしいものであった。しかしやはりというか、人間の身体というのは脆弱《ぜいじゃく》極まる。魔力があれば無限に再生出来る我ら魔族とは比べ物にならんのう。……ここは一つ提案じゃが、お主がその小僧を殺し、ワシを新たな主《あるじ》と崇めるのであればお主の命だけは生かしておいてやっても良いぞ？」

弱々しい動きで振るわれる剣を、ガンジートは余裕で躱しながら話を続ける。

「のう、悪い話ではあるまい？　ワシの弟子となればお主の剣術もより高みを目指せるのだぞ？　それ程の使い手となるには稀《まれ》なる才と弛《たゆ》まぬ努力が欠かせなかったであろう。それをこんな所で命を絶ってしまうのは一人の剣士として心苦しいのだ。ほら、ワシの手を取れ。共に剣術の極みを目指そうぞ」

そう言って差し出した手をシルファは一瞥《いちべつ》し、言った。

「……もしや、私に話しかけていたのですか？」

あまりに意外そうな声にガンジートはずっこける。

「他に誰もおるまいが⁉」

「えぇ、おりませんとも。主を裏切るような者は何処《どこ》にも」

静かに、しかし怒りに満ちた声だった。

「にもかかわらず何故、そのようなことを口走ったのでしょう。……あぁ、きっと私が至らぬせいなのですね。主を裏切る愚かな従者と、そう思わせた私が」

空気が凍るような迫力。

ガンジートも息を呑《の》み、隣にいたレンがぶるると震える。

「──腹が立つ。そんな言葉を吐いた貴方に。何よりそんな台詞《せりふ》を言わせる程に腑《ふ》抜《ぬ》けた戦いをした自分に。それも自らの身を案じた戦いなどをしてしまった為。貴方は強い。ここから先は私も全力を出し切らせて頂きます。生涯忠誠を誓った我が主に捧《ささ》げるべく」

シルファが一瞬、こちらを見た気がした。

ボロボロなはずのその身体には気迫が満ち満ちて感じられる。

「くはっ！　そういうことなら非常に惜しいが、死ぬしかないのう！」

ガンジートの放つ万全の一撃がシルファに迫る。

が、シルファは微動だにせず、深く――深く息を吸った。


「武身術――三倍」


短く息を吐いた直後、辺り一帯が爆発した。

そう思えるほどの衝撃波。僅かに捉えられた動きから察するに今のはラングリス流双剣術――昇り双竜か。

土煙を突き抜け、空高く打ち上げられたガンジートが姿を現す。

「そうか！　空中なら地面を操ることは出来ねぇ！　ガンジートの力を封じられるぜ」

グリモの言う通り、ガンジートは地面に触れている時に魔力を流して地形を操っていた。

浮かせてしまえば地形変動による邪魔は入らない。

「くかっ！　だがそれでどうする⁉　お主とて地を這《は》う剣士！　そこから何が出来るというわけでも――」

眼下を見下ろすガンジートの目が驚愕に見開かれる。

そのすぐ眼前、空を駆けるシルファが迫っていたからだ。

「ラングリス流走行術――空歩《くうほ》」

ラングリス流には幾つかの走行術があり、その最高峰とされるのがあの空歩である。

左足が落ちる前に右足を前に、右足が落ちる前に左足を前に、高速で空を蹴ることで理論上は可能となる走り方。

俺はその数段下の水歩ですら、十メートルも走れないからな。

シルファが規格外なだけである。

「いや、人間が身体能力だけで水上を走るだけでも十分化け物じみてやすがね。その上空を駆けるとか意味がわからねぇですぜ」

「うおおおおお！　空駆けるシルファたんハァハァ！　まさに天女と見まごう美し

さ！　素晴らしい！　本当に素晴らしい！」

ドン引きするグリモと真逆にジリエルは興奮している。

しかし武身術を三倍にした上に空歩なんて負担の大きい技を……幾らシルファでも長くは持たないぞ。


「しゃらくさい！　空駆ける技は天魔一刀流にもあるわ！」

剣を鞘に仕舞うガンジート、構えのままにシルファを待つ。

一定距離内に近づいた、その瞬間である。


「天魔一刀流——牙真斬《カマキリ》」


くわっと目を見開き、閃光の如く剣が瞬いた。

超高速の斬撃は、しかしシルファの身体を透り抜ける。

——否、刃の速度に合わせて身体を回転させたのだ。

剛——からの柔。

武身術を三倍まで引き上げたからシルファはあんな動きまで出来るのか。

そして回転の勢いのまま、攻撃を繰り出す。

「ラングリス流双剣術――飛竜天舞」

斬撃により風が巻き起こる。

風は旋風、そして竜巻へと成長しガンジートを更に上空へと巻き上げていく。

目を凝らし空を見上げると、斬撃の嵐によりガンジートはボロボロに刻まれていた。

「す、すげぇ……斬りまくりながらもまだ上昇してやがる……！」

「かなりのダメージを与えているようです。しかしまた回復されてしまうのでは!?」

ジリエルの言う通り、結局中にいるガンジート本体を倒さねば幾らダメージを与えてもすぐ回復してしまうだろう。しかしあのシルファが無策であるはずがない。一体何をするつもりなのだろうか。

そんなことを考えている間にも、シルファは最後の一撃を繰り出すべくガンジートの頭上にて剣を振りかぶる。

「ラングリス流双剣術――下り飛鳥《ひちょう》・番《つがい》」

二羽の飛鳥を思わせるような鋭い斬撃の束がガンジートを刻みながら落ちてくる。

落下先は——俺たちのすぐ正面。

どぉぉぉん！　と目の前で土煙が立ち昇り、叩きつけられたガンジートが宙を舞った。

「ぐぬぬ……た、大した一撃だが……この程度で死にはせん！」

だがガンジートは防御、そして回復に専念しているようだ。傷は深いが、このままではすぐにまた全回復してしまうだろう。

それでも回復に集中するガンジートが初めて見せた無防備な瞬間、その一瞬を狙い跳んだのは——レンだ。

「やあああああっ！」

練毒刀による一刺しがガンジートを浅く、だが確実に捉えた。

「拙い剣技に妙な形状の剣……ふむ、毒でも仕込んでおったか？　なるほど、そちらの小娘が本命だったわけか。しかし愚かよの。魔軍四天王であるこのワシにそんなものが効くわけ——」

着地するガンジートの片足がフラつく。

「ぬ……⁉　む……んっ！」

何とかバランスを取ろうとするが、やはりダメ。ガンジートは膝から崩れ落ちてしまった。

「ば、馬鹿な……魔軍四天王であるワシにはどんな毒も効かぬはず！　にもかかわらず何故身体が動かぬ⁉　手足が痺《しび》れる⁉　吐き気と動悸《どうき》が止まらぬのだ⁉　こ、こんな毒なんぞにぃぃぃっ！」

「──薬だよ。それ」

土煙が晴れていく中、ボロボロのシルファを肩に担いだレンが呟く。

「人に取り憑いた魔人や魔族だけを殺す薬。あの時、使えなかった薬だよ」

あの時──言うまでもなくかつてのレンの仲間でありリーダー、ジェイドが魔族に身体を乗っ取られた時のことである。

当時何も出来なかったその悔しさを糧に、レンは同じような状況下でも魔人のみを殺す薬の研究を続けていた。

人には無害、取り憑いている魔力体のみを殺す──それが練毒刀により効果が向上したことで、ようやく魔軍四天王をも殺す薬として完成したのだ。

「薬だとぉぉぉ⁉　どう考えても毒であろう！　こんなに苦しいのだぞぉぉぉ⁉」

「人に害なすものを殺す。紛うことなく薬だね」

「薬ですね」

「薬だなぁ」

シルファと俺がうんうんと頷く。

毒と薬は紙一重、そして人に益するものが毒であるはずがないだろう。

「バカな……バカなぁぁぁ……」

弱々しい断末魔の叫びを上げながら、ガンジートがダンカンの中から消滅していく。

ふむ、それにしても身体能力を何倍にも引き出す武身術に、魔族をも殺す薬か。

素晴らしい。今度俺もやってみるとしようかな。

「っ……！」

「だ、大丈夫⁉　シルファさん！」

シルファが苦悶《くもん》の表情を浮かべ、それを見たレンが心配そうに声をかける。

「……あまり、平気とは言えませんね。多少無理をしました」

「もう、何とかできたからよかったものの……無茶はしないでよ」

「そうせねば勝てない相手でしたからね」

言うまでもなく、魔軍四天王ガンジートは強力な相手だった。

以前俺一人で戦った時も結構苦戦したし、相手に色々制限があったとはいえシルファたちが倒せたのは本当にすごいことだ。

「それにしてもシルファ、よくレンが毒を構えているのがわかったな」

「ええ、ずっと何かを狙っている気配がしました。件《くだん》の薬のことは私も聞き及んでいましたので、きっとそれだろうと」

「えへへ、ボクの方を見た時に、シルファさんはきっと分かってくれてると思ったよ」

照れ臭そうにはにかむレン。

だとしても、あの場面でトドメを任せるとは相当相手を信頼してないと無理なことだ。

二人とも、随分と仲良くなったものである。

「おお……シルファたんとレンたん、何と素晴らしい信頼関係か。私も間に挟まりたい……！」

感極まり過ぎたのか、ジリエルは涙を流している。

「そのまま潰れっちまえよ煩悩天使」

「ふっ、それはそれで本望――」

「アホか」

グリモに突っ込まれながらも遠い目で二人を見つめるジリエル。

と、ともあれどうにかなってよかったな。

ダンカンも気絶しているだけのようだし、めでたしめでたしってところだろうか。


「コニー！」

そんな中、突然村長が声を上げる。

見ればコニーが蹲り、息を荒らげていた。

「どうしたんじゃ⁉　おい、しっかりせい！　コニー！」

コニーを抱き起こす村長の周りに人が集まってくる。

なんだなんだ。一体何が起こったんだ？

◇

「……ふむ、特に問題ありませんな」

倒れたコニーを家に運び込んですぐ、駆けつけた医者の第一声はそれだった。

それを聞いた皆は安堵《あんど》の息を漏らす。

「恐らく過労か何かでしょう。しっかり休めばすぐに良くなりますよ」

「……どうやら大丈夫なようですね」

包帯でぐるぐる巻きにされながらシルファが言う。

あの後すぐに倒れ伏し、一緒に運ばれたのである。

「……というかむしろそちらのお嬢さんの方が重傷なくらいです。動けるのが不思議ですよ」

「そうだよシルファさん、寝てなきゃダメ！」

呆れる医者と起き上がるのを止めようとするレン。

武身術を三倍で使っていたからな。流石に限界を超え過ぎたようである。

「この程度、どうということはありません。それよりもロイド様に無様な姿を見せる方が問題で……痛《いっ》ぅっ」

「ほら！　だから起きちゃダメなんだって！」

身体をぐらつかせるシルファをレンが無理やりに寝かせる。

やはりダメージは相当大きそうだな。


「そ、それではお大事に……」

医者は乾いた笑いを漏らしながら、その場を後にする。

とりあえず、命に別状はなさそうだし良かったといったところか。


「とにかく二人共、しばらくはよく休まないと。ボクは薬を作るよ」

「ふーん、じゃあ俺は料理を作るか」

ざわっ、と皆の視線が俺を向く。なんだなんだ、一体どうした。

「ロイドが……料理……？　出来るの？」

「失礼な。俺を何だと思ってるんだ」

シルファにはいつも世話になっているし、たまには俺が作ってあげてもいいだろう。

「い、いい、いけませんっ！　ロイド様のような尊いお方が料理など……それでしたら私めが……ッ⁉」

「いいからいいから、シルファは大人しく寝ていろ。コニー、台所を借りるぞ」

「う、うん……別にいいけど」

起き上がろうとするシルファにそう言って、俺は台所へと向かう。

「なんだか不安そうな目を向けられてやすぜ、ロイド様。まぁ気持ちはわからねぇでもねぇですが」

「そういえば我々も長くお仕えしていますが、ロイド様が料理をなさるのを見るは初めてかもしれません」

「実際そうだからな」

俺は庶民だった前世ですら碌《ろく》に料理なんかしたことはなかった。

腹を満たせれば何でもよかったしな。シルファを満足させられる料理を作るなど不可能である。

だが、だからこそ意味がある。

こうして台所に立った理由はもう一つ、言わずもがな実験だ。

「さて、ともあれやってみるか」

早速制御系統魔術を使い、シルファの動きをトレースする。

「なるほど、シルファたんの動きを模倣すれば如何に初めての料理とて、問題なくこなせましょう！」

「ま、付き合いの長《なげ》ぇ俺はそうすると分かってたがよ。さーてすげぇ料理を作って、皆を驚かせちまいやしょうぜ」

「何言ってるんだ。まだ終わってないぞ」

トレースするのは動きだけではない。もう一つ、さっきシルファが使っていた武身術もだ。

おおっ、すごいぞこれは。全身に力が漲《みなぎ》ってくる。

裏ラングリス流指南書はチラ見したが、体内の気や呼吸、その他諸々の修行を要するらしいが、トレースしてしまえば一発だ。

「げぇっ、凄まじい速度ですぜ⁉　ロイド様が何人にも見えるようだ！」

「先刻のシルファたんに勝るとも劣らぬ速度、それをただ魔術で再現するとは、流石という他ありません！」

それにしてもとんでもない速さである。

これが武身術というものか。あっという間に大量の料理が完成してしまったぞ。

「おおっ！　美味《うま》そうですぜ！」

「見事でございますロイド様。早速シルファたんたちに……」

「待て待て、まだ完成してないぞ」

料理は出来たが、試したいことはまだある。

再度トレースを使用し、レンの能力をコピーする。

魔力の性質変化は俺でも使えるが、長きに渡る鍛錬で様々な薬毒を生成できるようになったレンには流石に敵わないからな。特に今は封魔器が効いてるし。

ともあれ料理が冷める前にやってしまうか。ほいっとな。

魔力の性質変化により生成した魔力が色を変え、匂いを変え、連続で変質していく。

……ふむ、こんな感じかな。

生成した魔力を料理に包み込むように練り込めば完成だ。

完成、なのだが……

「……なんか変なニオイがしねーですかい？」

「それにこの料理、何やらどす黒いような……」

グリモとジリエルの言う通り、さっき作った料理の様子がおかしい。

妙だな。俺はただ料理に薬を混ぜただけなのだが。


「って何やってるのロイド⁉」

隣の部屋で薬草を煎じていたレンが声を荒らげる。

俺の作っていた料理を見て顔をしかめた。


「うわぁ……毒々しいよコレ」

「前にシルファが作っていた薬膳料理ってのを作ろうと思ってな」

なのだが、思ったよりヤバいモノが出来てしまった。

シルファとレンの技術の融合のはずが、おかしいな。まぁ混ぜるな危険という言葉もあるんだけれども。


「いや、でも味は案外普通かも……ぶはっ⁉」

「あー、確かにあんまりだなぁ」

恐る恐る食べたレンが吐き出している。正直言って味は微妙だ。

「うっ、これは……」

「独創的というか……」

グリモとジリエルも味見をしたものの、すぐに顔を歪ませる。

あちゃあ、これじゃあシルファたちは食べられないかな。

そんなことを考えていると、匂いに釣られてかシルファたちが起き上がってくる。

「これを……ロイド様が……？」

「あぁ、でも失敗したみたいだし、無理して食べなくても……」

俺が言い終わる前にシルファは失礼しますと言って料理を口にする。

ありゃ、食べちゃった。大丈夫だろうか。

俺の心配を他所《よそ》に、シルファの食べる手は止まらない。

「美味です！　あぁなんと美味なのでしょう！　ロイド様の手料理、美味以外の何物でもありません！」

涙さえ流しながらシルファは食べ続けている。

……大丈夫なのだろうか。我ながら結構ヤバい味だったと思うが。

「うん。とっても美味《おい》しいよロイド君」

コニーもまたパクパクと食べて、母親にも取り分けている。

俺はレンと顔を見合わせ、もう一度一口食べてみるが、やはりマズい。

「ねぇロイド、なんかシルファさんたちが回復してない？」

レンの言う通りだ。それだけでなくコニーも母親も元気が出てきたのか食べる速度が上がっている気がする。

「そういえば聞いたことがあります。極まった薬膳料理というのは健康な者にとっては不味《まず》く感じられるとか。代わりに悪い所がある者には非常に美味に感じられるそうです」

「身体が必要とするものはより美味く感じられるってヤツだな。それ程の薬膳ってことかよ」

グリモとジリエルがブツブツ言っている最中にも料理はどんどんなくなっていき、終わる頃には三人ともすっかり回復していた。

コニーは動き回れるように、コニー母は肌艶も出てきており、シルファに至っては片づけを終えた後、外へ出て素振りを行える程になっている。

「ロイド様の料理を頂けるとはこのシルファ、本当に幸せ者です。にもかかわらず先刻の戦いのような体たらく……決して許されません。二度とあのようなことなきよう、修練を積まねば……！」

あまりに鋭すぎる素振りだ。剣圧で遠くの大木がバサバサ揺れてるぞ。

「すごいねシルファさん。もうあんなに動けるなんて」

「シルファはある意味特別だからなぁ。というかコニーはまだしんどいのか？」

俺の料理である程度回復したようだが、それでもまだ辛そうだ。

「うん、少しだけ調子が悪いかも。でも別に平気だから」

「そうか。ならいいが」

実際大したことはなさそうだしな。ただ少し気になることがないわけでもない。

どうもコニーの魔力がここへ来る時よりも増えているような気がするのだ。彼女は魔力を持たない体質のはずなのに。

封魔器の結界内ではむしろ減りそうなものだが……そしてそうなり始めたタイミングは、ガンジートがあの石碑に激突した直後――だった気がする。

あの妙な感じ、学園の地下にあった封印と似ていたような……ふむ、少し注意した方がいいかもな。

◆

「どうやらガンジートは最低限の仕事はこなしたみたいね」

闇の中、二つの人影が蠢《うごめ》く。

「かの地には我らが主の一部が眠っていた。大立ち回りをすることで周囲の注意を引き、その隙を狙って封印を破壊したのだろう。……見事な最期であった」

「あの少年も気づいてないようだったしね。あれで少しは魔王様も覚醒に近づくはず。さて、次は私が……」

「いや、俺が行こう」

影が一歩、前へと踏み出す。

筋骨隆々の大男、手には身長ほどもある大槍を携えていた。

「俺はガンジートのような知略もなければ、お前のようなしたたかさも持ち合わせていない。戦いの激情に任せ、突っ込むことしか出来ない戦《いくさ》馬鹿だ。敵の方が圧倒的に強いこの状況、一人残されても何も出来やしないだろう。警戒されてないうちに俺単独で行った方がいい」

「ゼン……貴方まさか死ぬ気？」

「そのくらいの覚悟は必要だと思っているが……ふっ、それに俺の疾《はや》さがあれば任務をこなした後に離脱も不可能ではあるまい」

「確かに魔軍四天王最速を誇る貴方なら、その可能性はあるでしょうけど……」

「無理をするつもりはない。ではな——シェラハ」

ゼンと呼ばれた男は一陣の風と共にその場から消えた。

シェラハと呼ばれた女はそれを見送りながら目を細める。

「……不安だわ」

◆

シェラハはそう呟くと、大きなため息を吐くのだった。

こうして一仕事終えた俺たちは学園へと戻ってきた。

そして早速、そんな第一声を上げる。

「……何だこれ」

厳かな白い巨塔は鮮やかに飾り付けられ、普段はきちっとしている生徒たちはラフな格好で走り回っている。

留守にしていたのはたった十日程だった気がするが、一体何が起こったのだろうか。

「おーロイド。それにシルファらも、よーやく帰ってきおったかー！」

俺たちを出迎えたのはビルギットだ。

その格好はいつもと異なり、祭りなどで着るような赤と白を基調とした派手な衣装である。

「ただいま戻りましたビルギット姉さん。……それにしてもこれ、一体何の騒ぎなんですか？」

「何って、学園祭の準備に決まっとるやろ」

そういえばそろそろそんな時期だったか。

ウィリアム学園祭——年に一度行われる祭りで、学園生徒たちの研究成果を発表する場だ。

大陸中の王侯貴族たちが訪れ、厳かな雰囲気のなか行われる伝統と格式ある祭典なのである。

それを記録した書籍も多数存在し、俺ももちろん読んでいる。

実物は一体どんなものだろうと想像を膨らませたものだが……なんかこれ、イメージと違くない？

厳格な祭典というよりは気楽なお祭りという感じだ。

「ふふーん、今までの学園祭はあまりにも地味すぎやったからな。今回はウチがテコ入れしようと思ったんよ。王侯貴族ばかりやのうて一般人もよーさん招待して、学生たちには美味しい飲食物、ド派手な出し物、見惚《みと》れるような展示物、集めて並べて用意させるんや！　人が集まればたんまりお金も落ちるやろし、評判が広まれば次は更に規模は大きくなる……うんうん、金の匂いもプンプンしてきたで。にしししし……」

不気味な笑みを漏らしながら、去っていくビルギット。

もはや俺たちのことは目に入っていないようである。

代わりに人混みから出てきたのはアルベルトである。

ビルギットと似た派手な衣装で祭りの準備を手伝っているようだ。

「やぁ、おかえりロイド」

「アルベルト兄さん、何ともすごいことになっていますね」

「あぁ、ビルギット姉上の行動力にはいつも参らされるよ」

ため息を吐きながら、アルベルトは自身の肩を叩いている。

どうやら大分お疲れのようだ。色々と手伝いをさせられたのだろうな。

「それでも姉上のやる事は理に適《かな》っている。以前のような学園祭では、一部の限られた生徒しかその技術を披露出来なかったからね。しかしこういった形なら全ての生徒が平等に活躍する機会がある。学園祭を訪れる王侯貴族たちは良いと思った生徒を自らの部下に誘う。いわゆるスカウトというやつだな。学生にとっても自らを売り出すいい機会なのさ。だから生徒たちもあぁして張り切っているんだよ」

アルベルトの言う通り、生徒たちは目を輝かせながら準備を行っている。

自らの技を磨く者、小道具作りに精を出す者、皆の為にその舞台を作っている者……ビルギットはその一人一人に声をかけて回っていた。

「姉ながら立派な人だ。故に僕に出来ることなら何でもやって、力になりたいのさ」

遠い目でビルギットを見つめるアルベルト。

確かに数人だけが主役の舞台より、大勢が全力を尽くす祭りの方が面白そうだ。

特にここの学生は皆、素晴らしい技術を持っているのだし、それを見に来た客にだってすごい者がいるかもしれない。

ならば是非とも盛り上げなくちゃいけないな。

「アルベルト兄さん！　俺にも出来る事はありますか？」

「おお、ロイドも協力してくれるのかい⁉　それはありがたい！」

そりゃもう、やらいでか。

皆が全力で高めた技術を見せて貰えれば、俺にとっても有益である。

そうして得た知識は魔術にだって応用できるだろうしな。

◇

そうして、学園祭に向けての日々が始まった。

魔物たちなどの邪魔が入らないよう学園の周囲に結界を張り巡らせ、生徒たちが集中できる環境を作り、更にはゴーレムを派遣し作業の手伝いもさせている。

夜には灯りを灯し、疲れ倒れた生徒がいれば回復も引き受けた。

おかげで準備はいい感じで進み、無事明日開幕となったのである。

「ついに明日が学園祭かぁ。早いものだな」

「生徒たちも皆、張り切っておりましたね」

「特にコニーは相当気合入ってやすぜ」

グリモとジリエル、二人の言葉に頷く。

コニーは戻ってからずっと部室に籠もり切りになっており、何度か手伝おうとしたがあっさり断られてしまった。

曰く、是非とも完成品で見て欲しいのだと。驚かせたいから途中経過を見せたくない、そんな気持ちも十分理解出来るので、俺も我慢しているのだ。

「だがそれも今日までだな」

本日は月明かりもない静かな夜で、連日遅くまで起きて色々やっていた生徒たちは明日に備えてぐっすりと眠っているだろう。

俺はというと興奮していまいち寝付きが宜《よろ》しくなく、夜の散歩中というわけだ。

「それよりロイド様よう、あんまり遅くまで起きてると、朝起きられなくなりやすぜ」

「ええそうですとも。ただでさえロイド様は寝起きが悪いのですから。来賓に備えて結界を切っておいた方がいいのではありませんか？」

「それもそうだな」

現在学園の周囲には魔物迎撃用の結界を展開しており、関係者以外は自動で防御する設定になっている。魔物とかが攻めてきたら生徒たちの邪魔だからな。

しかし俺が寝ている時に観客や来賓が来た場合、入れなくなる可能性がある。……あとそこそこ強めの結界だし、下手に当たったらヤバいかもしれない。

「よし、感知用に切り替えておくか」

指をパチンと鳴らし結界を切り替える。

学園を包んでいた結界が消滅し、すぐにまた展開された。

その刹那、何か強い風が吹いた気がしたが……気のせいかな。

◆

「……ふう、何とか入り込めたな」

闇夜にて、物陰に身を潜めながらゼンは息を吐く。

大手を振って出てきたはいいが、ゼンがウィリアム学園都市にたどり着いた時には既に強力な結界が展開されており、ずっと足止めを食らっていた。

しかしようやく一瞬、結界が解除された隙を狙い侵入したのである。

「それにしても速度と質量に応じ、より強力な効果を発動する対消滅結界か。……こんな大仰なものを展開するとは、やはり俺の襲撃を察知していたのだろうな」

魔軍四天王であるゼンにとって、その突破自体は問題ではない。

しかしあれだけの結界、突破の衝撃で黒鎧《くろよろい》にヒビでも入った場合、魔王の復活に響く可能性がある。

故にゼンは結界が解けるのを待つしかなかったのだ。

「あれだけ強力な結界を何日も張り続けるとは全く厄介だったが……ようやく限界が訪れたようだな。結界の強度も随分落ちているし、あの少年も弱っているのかもしれん。ふっ、奇《く》しくも機会到来といったところか？」

強度が落ちたというよりは、設定を変えただけなのだが、ゼンがそれを知るはずもない。

今が器の少女と接触する千載一遇のチャンスとばかりに学園内を駆ける。

「ふあーあ……眠いなぁチクショー」

「！」

ゼンが直進していると、中年の男が大欠伸《おおあくび》しながら歩いている。

学園内の警備係だ。ゼンの進行方向上におり、身を躱すなどしなければぶつかってしまうだろう。

しかしゼンはそのままの速度で直進を続ける。

そして、男とゼンはすれ違った。

「……？」

男は何度か瞬きした後、また欠伸をして見回りを再開する。

触れ合うほどの距離だったにもかかわらず男はゼンに気づかなかった。それほどの速度、静かさだった。

「このまま器の少女を探す」

そう呟いてゼンは学園の部屋、全てを覗《のぞ》きコニーを探し始める。

学園内にはまだ起きている者もいたが、ゼンのあまりの疾さに気づくものは誰一人としていない。

魔軍四天王最速を誇る黒のゼン、彼の速度は人に認識されるようなものではなかった。

「……しかし一部屋ずつ探すのは骨が折れるな。あの少年の禍々しい魔力さえなければ、感知できるものを……」

ゼンは舌打ちをしながら駆け回る。

ロイドの放つ魔力により、周囲の魔力反応は感知できないほど薄くなっていた。

それでもゼンの速度をもってすれば学園全て見て回るのに五分とかかりはしないだろう。

一分経過、二分経過、そして三分が経過した、次の瞬間である。

ばちん！　と音がしてゼンは大きく吹き飛んだ。

「⁉　な、何が起こった⁉」

慌てて身体を起こすと、ゼンの目の前にはベッドらしきものが浮かんでいた。

「あれに激突した、のか……？」

正確にはベッドの周囲に浮かんでいる小さな魔道具が生み出した結界に、である。

「しかしいつ現れた？　この俺ですら全く捉えられない速度、加えて異常なまでの頑強さ。あれは一体……？」

息を呑むゼンの眼前で、ベッドの中で何かがモゾモゾと動いた。

「ふあーあ……」

大きな欠伸と共に起き上がってきたのは青と白のストライプ模様のパジャマを着た女性。今にもズリ落ちそうなナイトキャップ、はだけた裾、眠そうに目を擦るその様子。この場の空気に驚く程そぐわないこの人物はサルーム王国第二王女、ビルギット＝ディ＝サルームであった。

ベッドに乗ったまま、寝ぼけ眼《まなこ》で辺りを見回すビルギット。

数秒してようやく、目の前のゼンに気づくと訝しむような視線を向ける。

「……んあ？　なんやのんアンタこんな夜更けにそんな格好して。生徒のイタズラってワケでもなさそうやけど」

ゼンは動揺をおくびにも出さず、身を屈《かが》めた。

「こんばんは美しいお嬢さん。とても残念だが貴女と関わっている暇はなくてね。失礼させて貰おう」

そして、姿を消す。先刻と違い本気を出したゼンの速度は音速をも超える。

当然ビルギットが視界に捉えられる速さではなく、一瞬にして見失う。

が、その直後――ばちん！　と音がしてまたもゼンは弾き飛ばされた。

「ぐっ……⁉」

苦悶の声を上げるゼンの前にはビルギットがいた。

動いたつもりのゼンだったが、その場から全く動けていなかったのである。

「一体何が起こった？　つー顔をしとるな。ウチの周囲に浮いとるこの結晶核はかつて存在した古代文明、サンドロの遺跡から発掘された遺物《アーティファクト》を改修したモンや。見ての通り結界を生み出す力を持っとる」

――サンドロ、その単語にゼンは聞き覚えがあった。

一万年前に栄えた超文明都市サンドロ、彼らは独自の技術により作られた兵器を用いて魔族相手にも互角に戦える程の戦闘力を有していた。

ビルギットの周囲に浮遊する結晶核もまた彼らが用いた兵器の一つ。所有者の意思、敵の動きに反応し超強力な結界を展開するというものである。

かつてゼンもその使い手と戦ったことがあるが、その結界の強度には苦い思い出しかない。

「あの遺物、確かそれ同士で三角形《トリプル》、四角形《スクエア》と図形を空中で描くことで、その範囲内に結界を展開するというものだ。今俺の周囲を五つの遺物《アーティファクト》が囲み、三角錐《すい》を形作っている。即ち全方位に三角結界が展開し、逃亡を阻止しているというわけだ。……全く、これだけの遺物を所持している輩《やから》と戦うことになるとはな」

ゼンは手にした大槍を、感触を確かめるように握り締める。

以前はその結界を破れず閉じ込められたが、運良く助けにきてくれたシェラハと二人掛かりで何とかそれを破り撤退した。

「あの時よりも俺は強く、そして速くなっている。恐らく持てる力を振り絞れば破壊は可能。あの遺物が破壊された時点で効力を失うのは確認済みだからな。しかしそうしたとして次にどうする？　未だ器の少女は見つけていないし、発見された以上のんびり探しているような暇はないだろう。ここで逃げても守りが堅くなり、接触は更に難しくなる……」

「なーにをブツブツ言うとるのか知らんけど、ここに来た理由をさっさと白状しぃや。事と次第によっては軽くボコるくらいで勘弁したるさかい」

独り言を並べるゼンに業を煮やしたビルギットが、人差し指をビシッと指し示す。

ゼンは少し考え、諦めたようにため息を吐いた。

「……やはり考えるのは苦手だ。俺は一陣の風。ただただ押し進むのみ」

ゼンの呼吸が変わった。大きく息を吸い込み続ける。

それによりゼンの身体は大きく膨れ上がっていく。

「嵐身旋体《らんしんせんたい》――」

一気に息を吐き出すと、ゼンは大槍を前方に突き出す。

と同時に、無軌道に渦巻いてきた風が一定方向へと纏まり始めた。

「んなっ！　いきなり風が吹いてきよったやて……？」

魔力体である魔族は、ある程度自らの身体を作り替えることが可能。

魔軍四天王ともなれば体内構造すらも大きく改造し、強靱《きょうじん》な血管、筋肉、それらを限りなくゼロに近い重量で生成することでより高い運動性能を得られるのだ。

嵐身旋体はそこからが本番、強靱な肺活量により作り出された旋風はゼンの背を強く押す。

「はあああああっ！」

咆哮を上げ、超高速で突進するゼン。大槍の先端が結界と接触し、火花が飛び散る。

「うわおっ！　無理やり来よったか！　しかしこの結界はそう簡単には破れへんで」

「……一度ならば、な」

呼吸と共にゼンが高速で後退する。そしてすぐに、前進。

風に舞う程の軽量化、そして自ら気流を巻き起こすことで尋常ならざる動きを可能にする。

「これぞ嵐身旋体・渦巻」

ガン！　ガガン！　ガガガガガガガ……

螺旋の如く打ち込まれる刺突の連打。

その音はどんどん速くなり、結界からはぴし、ぴしと乾いた音が鳴り亀裂が生まれていた。

「む、結界が……？」

「うおおおおおおおっ！」

ヒビは徐々に大きくなる。亀裂が生まれ、破片は飛び散り、そして——完全に砕け散った。

「嘘《うそ》やろ⁉」

ビルギットは驚愕に目を見開く。

結界が破られた衝撃で結晶核はボトボトと地面に落ち、もうもうと煙を上げていた。

「ア、アホな……ありえん……ありえへん……」

弱々しく膝から崩れ落ちるビルギット。その表情は絶望に染まっている。

「結晶核はあれ一個で小さい街一つは買える額なんやで……？　それをあんなあっさり……」

「ふっ、街一つか。確かにあの遺物なら、それくらいの価値はあるだろう。それを複数個所持しているだけでも信じられないが——これで終わりよ！　我が槍の錆《さび》となるがいい！」

裂帛《れっぱく》の気合を込め、ビルギットへと突撃するゼン。

——このまま貫き、勢いのまま街を更地にする。

そうすれば器の少女とて隠れてはおれまいし、瓦礫《がれき》の中ではあの少年《ロイド》が駆けつけるにも時間がかかるだろう。

即座に接触して消えればいいだけの話。

勝った——ゼンがそう確信した瞬間である。

ぎぃん！　と音がしてゼンの動きが止まった。

結界だ。四個の新たな結晶核がビルギットの前方に浮かび、結界を展開していた。

「ば、バカな……結界だと……!?」

勝利を確信していたゼンは一転、驚愕に顔を歪める。

「遺物は、あれだけではなかったのか……！」

言うまでもなくビルギットが新たに取り出した結晶核である。

正面に展開された四角結界はゼンの槍による攻撃を阻んでいた。

「ハァ……そらこの結晶核はめっちゃ値が張るモンやしな。そうポンポン使えはせんやろ。ハァ……街五つ分がパーやで。ハハ、ハハハ……ハァ……」

ビルギットは先刻と変わらぬ落ち込んだ顔のままで、乾いた声で笑う。

その異様さにゼンが半歩引くのと同時に、ビルギットの懐からさらに新たな結晶核が四つ飛び出した。

「しまっ――！」

気づいた時にはもう遅い。

ゼンの上下四方は結晶核に囲まれ、結界を展開されていた。

三角形結界《トリプル》ですら全力を尽くさねばならない硬度だというのに、今度は四角形結界《スクエア》だ。

先刻の攻撃で魔力を消費しすぎたゼンには突破は不可能であった。

「ぐ……っ！　い、一体幾つの結晶核を……！」

「十九……いや。さっき五つ壊されたから十四かな。ハハハハハ……」

ビルギットは視線を落としたまま、もう一度乾いた声で笑う。

だがゼンはその言葉に硬直さえしていた。

「じゅ……⁉　……信じられん。当時ですら国宝級の稀少《きしょう》品だったのだぞ⁉　それが今の世に十四も……一体どこでどうやって集めたのだ⁉」

「ハァ……んなもん金に決まっとるやろ。これでもまーそこそこ金は持っとるからな。多分この遺物は今、ぜーんぶウチが所持しとると思うで？」

こともなげに言い放つビルギットだが、ゼンはその異様さに息を呑む。

これらの遺物は現存した当時ですら国に数個しかない程に稀少。それらを巡って大きな争いが起こるのも珍しくはなかった。

「それでも全てを集めた者はいなかったはず。当時の王侯貴族のだれもがなし得なかったことを、たった一人の小娘が成し遂げただと？　言葉通り金だけであるはずがない。高い政治力、情報収集能力、コネクション……あらゆる情報を駆使したからこそ可能な芸当だろう⁉」

「それらも全て金あればこそや。金持ちにはあらゆる情報がガンガン入ってくるねん」

金を持つ者にはそれを買って貰おうと、様々な情報が入ってくるものだ。それはゼンも知っている。

しかしそれは高く買ってくれる可能性があればこそ。つまりこの女《ビルギット》はあらゆる遺物を買ってくれそうな程の金持ちということになる。

「……貴様、一体どれほどの金を持っているというのだ⁉」

「人の財布事情を聞くとは、ヤラシいなぁ。まぁアンタは商売敵って感じでもあらへんし、別にエエか。――ウチの年収は大陸貨幣にして百二十億五千万G＄《グランドル》、総資産は約二百兆G＄や」

ビルギットの語った総資産額はゼンの知るかつての大国と比較しても、その約十倍近いものであった。

もはや想像の遥か外、一個人が所有するレベルを超えている。

「ありえん……」

「金っちゅーのはある所にはあるモンや。それがない者には想像つかへんくらいな。……はぁーあ。しかし大損こいてもーたな。あぁでもコイツ、恐らくロイドらが言ってた魔族やろ。だとしたら色々と金になるんちゃうか？　だとしたら研究所に引き渡すなり、競売にかけるなり、そこそこ回収する手段はある、か……にへへ、エエやんエエやん？」

ビルギットは大きなため息を吐いていたかと思うと、突然不気味な笑みを浮かべながらブツブツ言い始めるのだった。

◆

「――ってなワケで、コイツが先日捕らえた賊や」

朝、ビルギットに呼び出され食堂に集まった俺たちの前にいたのは結界で捕らえた魔族の男だった。

観念したように目を閉じ、俯《うつむ》いたまま動かない。

「名前はゼン、なんや魔軍四天王とかいうらしいで」

「魔軍四天王……！」

ざわっ、とその場がざわめく。

「というと、あの村で我々が相対したガンジートと同等の存在ですか」

「えらく強かったよね。……あの、まさかビルギット様が倒しちゃったんですか？　しかもお一人で……」

「まーな」

ビルギットの言葉に皆が更にざわめく。

驚くのも無理はない。ここ最近は色々ありすぎて感覚がおかしくなっていたが、本来は魔族ですら滅茶苦茶に強いのだ。

魔軍四天王はそれよりもっと、もっと上の存在。

俺ですら結構苦戦した程なのだから、どうみても一般人であるビルギットが捕獲するなんて、そりゃ驚くに決まってる。

そんな中、アルベルトだけは平然としている。

「まぁビルギット姉上は古今東西から集めてきたトンデモ魔道具をたくさん所持しているからね。一対一とか、限定的な条件なら相手が何者でもそうそう後《おく》れは取らないだろうさ」

「コラコラ、いたいけな美少女捕まえて何ゆーとんねん」

「美少女……？」

「あン？」

「いい、いえいえ！　なんでもありませんとも。美しい姉上様」

ビルギットに睨みつけられ、アルベルトは慌てて訂正する。

どうでもいいけど俺としてはこの魔道具の方が気になるな。近づき触ってみると、触れた箇所にパチパチと火花が散っている。

「おお、すごいな。相当堅い結界だぞ」

結構な魔力を込めているのに弾かれてしまうな。

しかもあらゆる魔力反応を拒絶するようで、どう性質変化させても突破出来ない。

これなら魔族相手でも捕らえることは可能だろう。

「こいつはどこぞの古代文明が使ってた魔道具ですぜ。対魔族用に作られたモンが大半で、当時は俺らも随分と苦しめられたんでさ」

「古代文明サンドロ……神をも恐れぬ禁忌の研究を続けたという非常にけしからん都市ですな。それでもロイド様のお力には及ばないでしょうが」

もちろん少し力を入れれば突破は出来るだろうが、この結界は魔道具と連結しているようで無理に破れば本体ごと壊れそうだ。

……やってみたい。と結構悩みはするものの、やめとこう。

俺はあくまで普通の魔術好き、自重はできるし魔軍四天王を捕らえるような結界も破れはしないのだ。うん。

「……殺せ」

　ゼンが俺を見てぽつりと呟く。

「もとより決死の覚悟で挑んだ戦い、生き恥を晒《さら》すつもりもない。さっさと殺すがいい」

「はっはっはー、なにゆーとんのやアンタ」

　それをビルギットが即座に笑い飛ばし、睨み付けた。

「敗北者であるアンタにそないな自由があると思うん？　言っとくけど簡単に殺すつもりはあらへんで。アンタには大損させられとるからな。値段分は有効利用させて貰うさかいに。色々と、な」

「姉上の言う通りだ。我々も魔族について知らないことが沢山ある。生け捕りに出来る機会などそうそうあるまいし、君の身体に色々と聞かせてもらおうじゃないか」

「……くっ」

　二人の言葉に顔を歪めるゼン。

　おおっ、なんだか分からないが二人とも、とても楽しそうなことをするつもりのようだ。

　ここは是非俺も参加させて貰うとしよう。

「アルベルト兄さん、俺も――」

言い掛けたところで、アルベルトが俺の頭に手を載せる。

「ロイドにはまだ早い。ここは僕たちに任せてくれ」

優しい笑みだが、アルベルトがこんな顔をする時は自分が全てを背負う覚悟をしている時だ。

つまりゼンに拷問、実験、及び脅迫などで情報収集を行うつもりなのだろう。

そんなものを子供である俺に見せられるはずがないだろう。

くっ、普通の魔術好きを装っていたのがこんな形で裏目に出るとは。何か良い手は……

そうだ。

「ビルギット姉さん、その結界って出力部分を絞れますか？　例えば首だけに展開して、ある程度の自由は与えつつも行動は制限したりとか」

「ん？　そらまー出来るけどな」

やはりな。そうでなけれ結界に閉じ込めたまま拷問など出来るはずがない。

結界の形は変えられると思っていたのだ。

俺はニヤリと笑うと言葉を続ける。

「どうでしょう？　ここは一つ、彼に学園祭を手伝って貰うというのは？」

「……どういう意味や？」

「そのままの意味ですよ。もう間もなく学園祭が始まりますが、今朝のドタバタで色々遅れが出ていると報告を受けています。客を入れても出店が開いてなければ、それはもうガッカリするのでは？」

ビルギットたちとの戦いが原因でテントなどが吹っ飛ばされ、開園には時間がかかりそうだとノアから念話が届いたのだ。

「これらの出店は今回の学園祭の顔のようなもの。それがなくては折角来てくれた皆さんがとても残念がると思います。そこで彼に何か芸をやってもらい、オープニングセレモニーにするというのは如何《いかが》でしょうか！」

俺の言葉にその場の全員が固まる。

「何言ってんすかロイド様ぁ！」

グリモが小声で叫ぶ。

「そうです！　いくら枷《かせ》をつけているとはいえ魔軍四天王を解き放とうなど！　何が起きるかわかりませんよ⁉」

ジリエルも同様にだ。

しかし俺とて何も考えず言ってるわけではない。

「二人ともよく考えてみろ。アルベルトたちが魔族相手にどんな拷問ができるって言うんだよ」

幾ら動きを封じようと、基本魔族に攻撃は効かない。

どの程度の攻撃でどの程度ダメージが与えられるかもわからないのでは、拷問も難しいだろう。

それよりは一度自由を与えて、監視下で動かしていた方が多くの情報を得られるはずだ。

「何よりあのゼンとかいう魔族、意外と話は通じそうだしな。会話から引き出せる情報もあるだろう」

仮に暴れても俺がいればどうとでもなるしな。

俺としても魔軍四天王の魔術を間近で見られそうだし、一石二鳥だ。

我ながらナイスアイデアである。うんうん。

アルベルトとビルギットも俺の意図にすぐ気づいたようで、考え込む。

「ふむ、悪くないんやないか？　ソレ」

そして頷くビルギット。

よしよし、食いついたぞ。

「魔族の力でオープニングセレモニー、今頃客がよーさん集まってきとるやろ。中々開かんで苛立っとるモンもおるやろし、そこででっかい花火でもパーン上げたら、客のテンションも爆上がりやんか。ふむ、ふむふむ……うん、悪くないで。その後テンションが上がった客が準備万端の売店に流れ込めば金もジャブジャブ使ってくれるやろしな。にへへ、エエやんエエやん」

不気味な笑みを浮かべるビルギットだが、アルベルトは難しい顔のままだ。

「……僕は反対ですね。確かにメリットはありますが、万が一の場合には大惨事になりかねません。僕たちだけならまだ揉《も》み消《け》せもしますが、大勢の前ではそれも不可能、あまりに危険ですよ」

反論するアルベルトだが、ビルギットは笑みを浮かべたままその肩を抱く。

「ふっ、青いなーアルベルトは。ロイドの言いたいことがわからんのか？」

「ど、どういうことです姉上？」

「ロイドはウチらに汚れ仕事をさせたくなくて、あぁ言っとるんや。考えてもみぃ、王位継承権第一候補であるアンタや超富豪のウチみたいな有名人が、魔族とはいえ拷問なんかカマしてたなんて民衆に知られたら上へ下への大騒ぎになるやろ？」

「それは僕にもわかります。しかし……」

「大体アルベルト、アンタかてそーいうの慣れとらんやろ。手が震えとったやないか。バレバレやで」

「……気づいて、ましたか……」

「当たり前や。ウチを誰の姉と思うてんねん。それよりも奴を上手く使えば学園祭は成功間違いなし。仮にバレても魔軍四天王を従えたとなれば箔《はく》もつく。なーに、なんかあってもウチの結界で即パチンすればエエねん。そこまで見越して言うとるんよロイドは」

「確かに……ロイドは聡《さと》い子だ。それくらい理解していても不思議ではない。そんなことにも気づかずに僕は……なんて愚かなんだ。もう少しでロイドの気持ちを踏み躙《にじ》るところだった……！」

「うんうん、アンタはちょっと頭固いところあるからな。でも間違いを認められるんは良いところやで」

二人は何やらブツブツ言っている。一体どうしたのだろうかと考えていると、こちらに向き直った。

「……わかったよ。しかし僕たちはともかく、この男が素直に言うことを聞いてくれるとは――」

「よかろう」

アルベルトの声を遮り、ゼンが言う。

「元より敗者である俺に拒否する権限はあるまいし、使命を果たす為とはいえ無関係な若者の祭りを邪魔したことは償いたいという気持ちはある。そのくらいなら協力しよう。……だが勘違いするなよ。確かに俺は敗北したが、心まで屈したつもりは毛頭ない。仲間を売るような行為だけは決してしないと思って貰おうか！」

鋭い目つきで睨みつけてくるゼンを見て、皆は顔を見合わせる。

「……何だかそんなに悪い人じゃないっぽい？」

「所謂《いわゆる》武人タイプというやつでしょう。曲がったことを嫌い、信念を貫く性格……そこまで見切った上での先刻の発言だったのですね。流石はロイド様です」

レンとシルファが何やらブツブツ言っているが、逆に言うとそれ以外はやってくれるのだろうか。

それはそれで実験が捗《はかど》りそうな気がするぞ。

あとで個人的に色々お願いしてみようかなぁ。

◆

「──ふむ、やるじゃない。ゼン」

その様子を水晶を通して見ていた魔軍四天王シェラハが頷く。

「あっさり捕まった時はどうするつもりかと思ったけど、なるほど従うフリをして器の少女へ接触する機会を窺《うかが》うつもりだってわけね。愚直なだけと思っていたけど中々どうして……ふふっ」

微笑を浮かべるシェラハだが、そのまま固まってしまう。

愚直なフリをして裏をかこうとしている……というよりむしろ見たまま言うことを聞いているように見えたからだ。

「……そうよね？　ゼン。信じてるからね？　頼むわよ？」

どこか不安げに念を押すように水晶を見つめるシェラハ。ともあれ学園祭は始まろうとしていた。

◆

「では、いくぞ――」


学園塔の屋上にて、ゼンが両手を天に掲げる。

すると頭上に雲が集まり、あっという間に空を覆い尽くした。

眼下の客たちが見上げる中、雲の内部に稲光が走る。

それらは数を増しながら雲の中央部へ集まり、そして――どぉん！　と雷鳴が轟《とどろ》くと共に空に大輪の花が咲いた。

――花火だ。火薬を込めた玉を空中で爆発させ、夜空に美しい火の花を咲かせるものである。

魔術や錬金術でも似たようなことが出来るが、ゼンはそれを暗雲をバックに雷で再現したのだ。


「うおおっ！　雷をあそこまで自在に操るとは、流石魔軍四天王だぜ！」

「ええ、雲を集め雷を呼び、更に自然にない形で発現させる……並外れた魔力制御がなければ不可能な芸当ですね」

グリモとジリエルの言う通りだ。

天候そのものを操るのは精細な魔力制御に加え、とにかく強大な魔力が必要である。

恐らくだが手品のタネは自身の魔力体を大気と一体化させることで、自由に天候を操っているのだろう。

いやーいいものを見せて貰った。これほどの技は中々見ることが出来ないぞ。

どぉん！　どどぉん！　と空で雷が爆《は》ぜ、美しい華が咲き乱れている。

感心して眺めているとゼンはこちらを向き直る。

「これでよいのか？」

「あぁ、皆喜んでくれているみたいだ」

眼下の客たちはゼンの起こす雷撃の花火を見上げ、感嘆の声を上げている。

さっきまで中々中に入れず苛立《いらだ》っていたのが嘘のようだ。

空を見上げ、時折興奮したように声を上げている。

そうしている間にも門の内側では出店の準備も着々と進んでおり、既に半数以上が支度を終えているようだ。

そろそろいいかな？　なんて考えていると、学園塔の鐘がごーんと響いた。

「あーテステス、皆さま大変お待たせいたしましたー！　それではウィリアム学園祭、ただいまより開催いたしまーす！」

続いてビルギットの声が響くと共に、学園の門が開けられ客たちがどんどん中に入ってくる。

本格的に祭りが始まったようだ。


「やぁお疲れ様。ロイド」

屋上の扉を開けて出てきたのはアルベルトだ。シルファとレンもそれに付き従っている。

「アルベルト兄さん、もう準備は終わったんですか？」

「あぁ、それにゼンの様子も気になってね。……だが心配は無用だったな。よくやってくれているようで嬉しく思うよ」

「……まだ死ぬつもりはないのでな」

ぱちんとウインクをするアルベルトを、ゼンはつまらなそうに腕組みしながら一瞥する。

ビルギットの結晶核はゼンの首周囲に展開されており、人に危害を及ぼそうとした瞬間に起動。

拘束箇所を切断するようになっている。

しかもビルギットが言うにはその機能は最初から備わっていたとか。全くもって物騒な代物だ。

「ともあれ僕の仕事も一段落着いたし、監視役を代わろうじゃないか。ロイドも学園祭を楽しみにしていただろう？」

「それはそうなのですが……」

「ふっ、心配してくれているのは嬉しいが。この二人もついてくれているし、何も問題はないよ」

シルファとレンが頷く。

確かにガンジートを倒したこの二人がいれば、万が一のことがあってもアルベルトを守れるだろう。

「それにゼンにはまだまだ働いて貰うことがある。仕事を把握している僕が面倒を見る方が効率的なのさ」

「わかりました。そういうことでしたらよろしくお願いします」

「あぁ、楽しんでくるといい！　ゼン、君も構わないね？」

「問題はない」

アルベルトの言葉にゼンは頷く。

随分素直だな。というかそもそも何の為に学園に来たんだろう。

花火をしている最中も辺りを見回し、何かを探しているようにも見えたが……まぁ人の街が珍しいのかもしれないか。それより俺にとっては学園祭の方が大事である。

優秀な生徒たちが学園生活の集大成として作り上げた学園祭、上から見ているだけでも興味深い出し物や売店が沢山あってずっとワクワクしていたのだ。

特に魔術科の生徒たちの研究成果は凄く期待できるだろう。きっと俺の魔術研究に役立つだろうし、そうでなくても楽しみだ。

何よりずっと引き籠もっているコニーが一体、何を作っているのかも気になっていたしな。うーん、そう考えるといてもたってもいられなくなってきたぞ。

「では行ってきますアルベルト兄さん！」

「うん、行っておいで」

俺はアルベルトに見送られ、学園祭会場へと駆けて行くのだった。

◇

「いやぁ、どれもこれも見応えがあって、すごかったなぁー」

ホクホク顔で昼食のフルーツサンドを頬張りながら、俺は満足感たっぷりに息を吐く。

とりあえず端から順番に見て回ったが、どこの科も気合の入った出し物ばかりであった。

「んですな。俺としては剣術科の作り上げた彫刻とかスゲェと思いやしたぜ」

グリモが唸っているのは門の所に飾ってたアレか。

高さ三メートルくらいの剣を携えた英雄像で、客たちも見事なものだと唸っていたっけ。

どことなく俺に似ていなくもなかったが……やたら背が高かったし、あまりにキラキラし過ぎだったし、多分違うだろう。うんうん。

「私は中央玄関に飾られていた紫の花が素晴らしかったと思います。『我が主人に捧げる薬花』、うぅむ、美しき愛を感じます！」

何やら興奮しているジリエルが言っているのは、薬術科が作り出したという花である。

紫色のすごく綺麗《きれい》な花だが元はただの百合らしく、製作過程が載っていたが毒と薬の両方を成長過程に合わせて細かく配分して見たこともない色形を生み出したのだとか。

余程上手くやらねば枯れたり、逆に育ち過ぎて見栄えが悪くなるだろう。

これまた見事なもので、客たちも見惚れるようにため息を吐いていた。

「あぁ、他の科もすごかったが、やはりこの二つはシルファとレンがいるだけあってレベルが高かった」

二人は科でもトップクラスの実力者らしいしな。

それに引っ張られて周りのレベルも上がるというものだ。

剣術科と薬術科の出し物には、特に人が集まっていたように見える。

そして表立ってはいないが、これらを取りまとめる経済科も素晴らしい。

普通この規模の祭りとなると、人がごった返してとてもではないがゆっくり見て回れないだろうからな。流石はアルベルトといったところか。

ちなみに見て回っている道中、ゼンが付き従って色々と仕事をしているの見えた。

どうやら心配は無用だったかな。

大人しくアルベルトの言うことを聞きながら、学園内を飛び回っているようだ。


「それにしてもあのメガネっ子、どこにも姿が見当たりやせんでしたね」

グリモがコニーについて呟く。

どうやら展示物はまだ完成していないようだ。聞いた話ではコニーは部室に籠もりきりでずっと作業をしているらしい。

たまに食事などで出てくるから生きてはいるようだが、ちょっと心配だな。

「ロイド様、このままでは完成を待たずして学園祭が終わってしまいますよ。手伝いに行ってはどうでしょう」

「完成するまで俺に見られたくないと言っていたし、手を貸すのは野暮だよ」

それに以前手伝いを申し出て断られたばかりだし、あまりしつこくして焦らせるのも良くないだろう。

学園祭は五日間行われる。今日を除いてもあと四日もあるし、仮に間に合わなくても完成してから後でゆっくり見せて貰えばいいだけの話だ。

「というわけだし、今のうちに他をゆっくり回るとしよう」

「そういうことでしたら」

「ガッテンでさ！」

俺は引き続き、学園祭を楽しむのだった。

しかし二日、三日経ってもコニーは部室から出てこなかった。

世話に行ったシルファらが言うにはどうやらもう少し、最終日には絶対出来るらしいが
……うーむ、ここまで来たら間に合って欲しいものだな。

◆

「ちょっとゼン、どういうつもり？」

夜、学園の裏庭にてシェラハと呼び出されたゼンが向かい合っていた。

「人間の小間使いなんかやって、全然器の子を探してないじゃないの」

「……そうではない。人間たちの手伝いをする合間に探しているが、全く気配を感じられないのだ」

「確かにそれなりに魔力を持つ人間が沢山いるから魔力反応は探りにくいかもしれないけど……貴方が本気を出せばどうとでも出来るでしょう？」

「……」

シェラハの問いにゼンは答えない。

実際、手段がないわけではなかった。

ゼンの魔力もかなり回復していたし、結晶核の構造もあらかた把握した。

逃げようと思えばいつでも脱出は可能である。

例えば頭部を胴体に生成し、トカゲの尻尾切りのようにあえて首を切断させて逃げ出すとか。魔力体であるゼンにそれが可能なことをアルベルトらは知らないからだ。

にもかかわらずそうしなかった理由、それは——

「はぁ、やっぱり私の心配した通りってワケ。貴方ってば本当、無駄に責任感強いんだから」

ため息を吐くシェラハ。ゼンはバツが悪そうにしている。

力が全ての魔界において、ゼンは馬鹿がつくほど正直な男だった。真っ直ぐに戦う。

相手が如何に卑劣な手を使おうとも常に正々堂々を心がけ、そんな彼を慕う若い部下も沢山いた。

陰では脳筋だの何だのと言われることも多々あったが、そんな彼を慕う若い部下も沢山いた。

そんな彼が敗北し、そのうえ生かされているとなれば、祭りの準備に従事するくらいは至極当然であった。

「だが使命を忘れたわけではないぞ。明日の夜にはこの祭りも終わる。そうすれば人間たちが疲れ果てて眠っている隙を狙い、器の少女を探し出し接触するつもりだ」

「……ま、私たち四天王はあくまでも対等な立場だから貴方のやり方をどうこう言うつもりはないけど——こうなれば貴方一人に任せてはおけないわ。私が介入しても文句言ったりしないわよね？」

シェラハの問いにゼンは頷く。

「無論だ。というか敗北者である俺が意見など出来るはずがあるまい」

「い、意外と気にしてるみたいね……」

どこか気落ちした様子のゼンにシェラハは呆れたような顔をする。

戦いに気持ちを乗せるタイプであるゼンは筋の通らない戦いだと途端にやる気を失ってしまう。

そんなゼンの性格では現状まともな働きは出来ないだろうし、ここは下手に協力するより互いに単独行動をした方が得策かとシェラハは考える。

「とにかく、お互い頑張りましょう」

「あぁ、我らが主の為に」

二人は互いの掌を軽く叩き合い、別れる。

学園祭、最後の一日が始まろうとしていた。

◆

そして数日が経ち、あっという間に学園祭最終日になった。

朝の光を浴びながら、俺はふむと頷く。

「で、まだコニーの作業は終わってないのか」

「はい、もう少し、と」

朝食を運んでくれたシルファが答える。

先刻、シルファはコニーに朝食を届けがてら状況を聞いたらしい。

「全く、もう少しもう少しといつまで言うつもりなのやら。困ったものです」

「でも本当にもう少しみたいだよ。最終確認が終わり次第、すぐにいけるって」

シルファのぼやきを遮ってレンがフォローする。

中々焦らしてくれるな。だが俺に出来るのは待つことくらい。焦らずに待つとしよう。

そんなわけで今日も今日とて、学園祭を見て回る。

もう十周目だがまだ飽きない。見るたびに新しい発見ってあるものだ。

おっ、ここにきて新しい出し物とはチャレンジャーだな。

あっちは客からの要望を聞いて改善を行ったようだ。

まだまだ祭りは終わらないってところかな。


「……しかし最終日ともなると、人もかなり減っているな」

先日に比べると人の流れは見るからに減少している。

俺は歩きやすくていいけど、生徒たちはどこか気が抜けているようだ。

ま、五日もやってれば仕方ないだろう。ただ気が抜けているというより、ソワソワしている感じにも見受けられる。

「パートナーを探しているんでしょ。ほら、あそこ」

俺の横にいたレンが指差す先、男子生徒が女子生徒に何やら懸命に頼み込んでいるようだ。

しかし断られたようで、がっくりと項垂《うなだ》れている。

その様子を見てシルファは呆れたように首を振る。

「愚かなものです。この手のイベントは日頃の行いと根回しがものを言うもの。今更慌ててももう遅いのが理解出来ないのでしょうか。全く、見苦しい事この上ありません」

なんだなんだ？　二人共、一体何の話をしているんだ？

「マジで知らないんですかいロイド様。二人が言ってるのは学園祭最終日に行われるダンスパーティーのことですぜ」

「先日からあちらこちらで男子生徒が女子生徒を誘っていましたよ。シルファたんやレンたんもそれは沢山の男どもに誘われておりました。……無論、どいつもこいつもあっさりフラれたわけですが。ふっ、汚らわしいゴミムシどもに相応《ふさわ》しき報いです」

グリモとジリエルが親切に解説してくれる。興味なさすぎて全然気づかなかったな。

ま、俺が出るわけでもないし憶える必要もないか。

「……こほん。ところでロイド様、今宵のお相手はお決まりですか？」

「へ？」

突然のシルファの問いに思わず素っ頓狂な声が出てしまう。

え、俺も出なきゃダメなの？

俺がそう目で問うと、シルファは当然とばかりに頷く。

「ビルギット様の主催です。ロイド様も当然出る必要があるでしょう」

「アルベルト様も強制参加だったしね。まぁ満更でもなさそうだったけど」

そういえばビルギットが何か言ってた気がする。本を読んでたから流してしまったが今思えばこのことだったのか。全く聞いてなかった。

うーんめんどいな。どうしよう。唸っているとシルファがコホンと咳払《せきばら》いをする。

「どうやらロイド様もまだお相手は考えておられない御様子。宜しければ私めとご一緒して頂けないでしょうか？」

すっと手を差し出してくるシルファを見て、レンが慌てる。

「シルファさんっ⁉　ダンスパートナーは男の子から誘うものだって言ってなかった⁉」

「ふっ、何の強制力もない愚かなルールです。わざわざ従う理由もありません」

上目遣いで頬を紅潮させながら言うレンに、俺は答える。

「あのっ！　ロイド、よかったらボクと……その、踊ってくれませんかっ⁉」

すました顔のシルファにレンはしばし考え込むと意を決したように俺を見上げる。

「ぅ……そ、そうか。そうだよね……」

「好きにすれば良いでしょう。決めるのはロイド様なのですから」

「だ、だったらボクだってロイドと……」

「ええー……」

「反応ひどっ！」

俺の返事にショックを受けたのか、レンは声を上げた。

別にダンスが出来ないわけではない。シルファからこの手の作法は嫌と言うほど叩き込まれたからな。

だが生徒たちが多数参加するダンスパーティーにシルファやレンと一緒にいると俺まで目立ってしまうじゃないか。

シルファは言うまでもなく、最近はレンも相当人目を引く美少女ぶりだからな。俺は目立ちたくないのである。

せめてもう少し地味な子なら踊ってもいいんだけれども……ま、今から他の子を誘うのも面倒だし、ここは諦めるしかないか。

◇

そして夕方、ダンスパーティー直前に俺は皆にもみくちゃにされながら衣装に着替えさせられた。

髪の毛はワックスで固められ、パリッとして動きにくい子供用スーツを着て皆の前に進み出ると、おおー、と感嘆の声が上がった。

「へぇ！　中々似合うやんかロイド！」

「うん、いいね。これならどこに出しても恥ずかしくはないよ。いや、元々恥ずかしいどころか自慢の弟なんだけれどもね」

正装したビルギットとアルベルトが俺を見て満足そうに頷く。

そうは言うが我ながら似合っているとは思えないぞ。鏡で見たが着られてる感満載だ。

逆に二人はとても着慣れている。やはり王子、王女だな。俺には到底無理な芸当だ。

「とてもお似合いです。流石はロイド様でございます」

「うんうん、すごくカッコいいよロイドっ！」

シルファとレンが持て囃《はや》してくるが、どう見ても二人の方が似合いのドレスを着ている。

薄い布地に背中なんかぱっくり開いちゃってまぁ、風邪でも引きそうな格好だ。

「うんうん、皆ええやないの。あとは会場がもう少しまともならなぁ……」

ビルギットは窓の外を見下ろすと、落胆の息を吐く。

ダンスパーティー会場である学園中庭には手作りの飾り付けがされているだけで、俺たちが普段催し事をしている王城などとは比ぶべくもない。

「仕方ありませんよビルギット姉上、これだけ広いスペースが確保出来ただけでよしとせねば」

「せやけどなぁ……ん、そういやコニーはどしたんや？　最近見とらんかったけど」

「コニーちゃんは――」

アルベルトがビルギットに事の経緯を説明する。

それにしても結局コニーの魔道具作りは間に合わなかったようだ。

もうすぐって言ってたのにな。残念である。

「まぁ後で見せて貰えば問題ないが……む？」

そんなことを考えていると、ツナギ服の女生徒がパーティー会場に駆け足で入ってくるのが見えた。

コニーだ。俺たちを探しているのか辺りを見回している。


「おーい、コニー！」

「あ！　ロイド君。おまたせ、出来たよー！」

ぶんぶんと手を振るコニーはボール大の魔道具を脇に抱えていた。

おおっ、あれが噂《うわさ》の魔道具か。ようやく完成したのか。待ちわびたぞ。

俺は窓から飛び降り『浮遊』にて着地する。


「お疲れ様だったな、コニー」

「うん、何とか間に合ってよかった。早速試すから見てみてよ」

「そうだな。さぁやろう。すぐやろう」

言わずもがな、俺は魔道具に釘付《くぎづ》けであった。

一体どんなものだろう。ワクワクするな。

「どうやって使うんだ？　というかそもそもどういうものなんだ？」

「慌てないで。ちょっと人を集めるから……おーい！　みんなー！」

コニーが周りの生徒たちに声をかける。

ふむ、よくわからないが俺も協力するか。


「ちょっと手を貸して欲しいんだけど」

「あの、少し手伝って貰えませんか？」

俺たち二人で皆に声をかけていくと、あっという間に十数人が集まった。


「やれやれ、一体どうしたんだい？」

「ってか久しぶりだなメガネちゃんよ」

その中にはノアとガゼルもいる。

コニーは咳払いを一つすると、ぐるりと皆を見渡した。

「皆さん集まってくれてありがとうございます。この魔道具は大量の魔力を燃料に発動するもの、それはもう、ものすごく沢山の魔力が必要となります。なので皆さんの力を貸して下さい」

ぺこりと頭を下げるコニー、彼女は入学してずっと、村の魔力障害をなくすべく魔力を吸い取る研究を続けてきたからな。

これがその集大成といったところか。

「構わないぜ。中々面白そうだ」

「どうすればいいのかな？」

ノアたちが頷くと、周りの者たちも我も我もと手を挙げ始める。

あっという間に列ができてしまった。どれどれ、ここは俺も参加させて貰うとしよう。

「ではここに手を載せて下さい」

「ふむ、こうかい？」

先頭のノアが魔道具に手をかざすと、正面に付いていたメーターがくくっと動く。

約一割といったところだろうか、コニーはそれを見て唸る。

「おー、すごいですよノアさん！　一度にこんな魔力を注げるなんて！　流石は魔術科首席。ぱちぱちぱちぱち」

拍手するコニーに釣られ、他の者たちも手を叩く。

「へっ、やるじゃねぇか兄貴。いよーし、俺がもっと魔力注いでやるぜ！」

ガゼルもまた俺の前で燃えている。何だかんだでまだ兄をライバル視しているらしい。

ポキポキと指を鳴らしながら魔道具の前に立つと、気合と共に魔力を注ぐ。

「おっらあああああああっ！」

咆哮を上げ、こめかみに血管を浮かせ、脂汗を滲《にじ》ませながら魔力を注ぎ込むガゼルだが、メーターはノアと同程度しか動かなかった。

「ハァ、ハァ……見ろ兄貴！　俺の方が上だぜコノヤロー！」

「いや、大差ないだろう……」

呆れるノアだが、その後続いた何人かの生徒は一割どころかその一割くらいだった。

二人とはとてもではないが、比較にならない。流石はウィリアムの子孫だな。

そんなことを考えていると、俺に順番が回ってきた。

「次はロイド君か。お手並み拝見といこう」

「へへっ、頑張れよロイド！」

二人は俺の背を叩いてくるが……しまったな。こんな人が沢山いる場所で魔力を注げば、俺の魔力量がバレてしまう。

「おーおー、何や盛り上がっとるやん？」

「皆、楽しそうだねぇ」

いつの間にかアルベルトたちも降りて来てるし、ここは魔力を極限まで落として切り抜けるしかない……だがそうすると、この魔道具のゲージが溜まらないんだよなぁ。

現状は四分の一くらいで、マックスには程遠い。

ここで俺が加減すると魔力が足らず、魔道具が起動できないだろう。

それはマズい。折角魔道具が完成したんだから、すぐに動く所を見たいもんな。ただでさえお預けをくらっているのだ。そこは是非ともである。

くっ、どうするべきか……悩む俺の傍に人影があるのに気づく。

「やらないのなら私がお先しても構わないかしら？」

耳をくすぐるような声と共に進み出てきた女性は紫色の髪を長く伸ばした美女だった。

その美貌にその場にいた男たちはおおー、と感嘆の声を漏らす。

「ここに手をかざせばいいの？」

「ええ、そうしたら自動的に魔力が注がれて……わわっ⁉　な、何この魔力量っ⁉」

女性が魔力を注ぐと、ゲージはぐぐぐっと増えて七割近くにまで達していた。

ノアたちを超える魔力に再度歓声が上がる。

「半端ねぇ魔力だなアンタ。俺らの倍くれーは増えたんじゃねーか？」

「ふむ、それにしても貴女は生徒や関係者ではありませんね。そのような美貌は一度見たら忘れないはずです」

「ふふっ、お上手ですわ」

皆に囲まれ微笑を返す女性、何者かはわからんが誤魔化すチャンスだ。

こそこそこそこそ……ふぅ、これでよしっと。

一仕事終えた俺はコニーの肩に手を載せる。

「しかしよかったなコニー、これでゲージがマックスになったから魔道具も動かせるだろう」

「へ？　でもまだ七割くらいで……あ！」

目をこすりながら確認するコニー。目の前のゲージは満タンになっていた。

「あ、あれ？　おかしいな……さっきまで確かに……」

「見てたけど、少しずつ動いてたぞ。いやはや、すごいもんだなーあのお姉さんの魔力は。あはは」

――言うまでもなく俺がこっそり魔力を注ぎ込んだのである。

ふぅ、ヒヤヒヤしたけどこれで誤魔化しつつも魔道具を起動できそうだ。あの女性には感謝だな。

そんなことを考えていると、グリモとジリエルがカタカタ震えているのに気づく。

「かなり魔力を抑えていますがあの魔力の波長……間違いなく人間ではありません」

「あの女、魔軍四天王最後の一人、蒼《あお》のシェラハですぜ。しかしあの格好、ダンスパーティーにでも出るつもりなのかぁ。一体何を企んでいやがるってんだ？」

ほう、魔軍四天王か。

道理で妙な感じだと思った。恐らく魔力を抑えて人に擬態しているのだな。

しかし前に襲ってきた奴らといい、何か企んでいるのだろうか。

ま、考えても仕方ないか。

聞いてみたいところだがシェラハは生徒たちに囲まれ、ダンスの誘いを受けまくっている。

落ち着いて人が捌《は》けたところで声をかけてみるとしよう。

それよりも俺としては、もっと優先すべきことがあるのだ。

「なぁコニー、これで魔道具を動かせるようになったんだろ？　早く起動させよう」

言わずもがな、コニーがギリギリまで調整していた魔道具である。

相当量の魔力を込められているはず。一体何が起こるのだろうか。ワクワクするぞ。

「あぁ、そうだね。――それじゃあ皆さま、協力ありがとうございました。おかげさまで魔力が溜まりました。それでは魔道具『幻想投影器』起動――」

ぽちっ、とコニーがスイッチを押すと、『幻想投影器』なる魔道具が光を放ち始めた。

光は縦横無尽な軌道で空中を走る。宙に何かを描いているようだ。

描かれているのは何かの建物だろうか。

「あれは……城、でしょうか？」

シルファが呟く。確かにあれは城だ。

まるで御伽噺《おとぎばなし》に出てくるような絢爛豪華《けんらんごうか》な城が出来上がっているように見える。

「『幻想投影器』は溜め込んだ魔力を放出、物質化する魔道具なの。元は魔力だから一日で消えちゃうけど、こんな大きなお城だって作れるのよ」

「へぇ、すごいなこれは」

完成した城に触ってみると、ちゃんとそこに存在している。

魔力というのは基本、物質化が難しいものだ。

火や水などの現象ならそこまでもないが、実際の武具や建築物など、細やかな設計が必要なものとなると、その難易度は跳ね上がる。

コニーの『幻想投影器』で作り出された城は実際のものと比べても問題ないほど頑丈、かつ精密に作られているようだ。

生徒たちも城に触れたり城壁に乗ったりしてはしゃいでいる。


「すげぇなコレ！　マジに城だぞ！」

「これだけの人数が乗ってもビクともしないとは、何という魔力密度……いや、構造自体を変えているのか？」

ノアたちも感心しているようだ。

恐らくだが圧縮した魔力を束ねて繊維を作り、それを編み込んで作り上げたのだろう。

もちろん、口で言うほど簡単ではない。

魔力の繊維化自体はともかく、ここまでの質量を生み出すのは高度な制御能力が必要不可欠だ。

この城だけでも術式の長さは半端ではないはず、それをたったの数日でやってしまうとは、見事という他ない。

「やるなぁコニー、こんな技術は初めて見た。ここまでひた隠すのもわかるよ」

「うん、驚いた？」

「あぁ、とてもな」

俺の答えにコニーは少し考えて言う。

「実を言うと城を作ったのはロイド君たちがダンスパーティーに出るって聞いたからなの。ほら、この学園ってロイド君たちみたいな王族が踊るにはちょっと物足りないでしょう？」

そういえばビルギットとアルベルトがこんな庭で踊るなんて、と残念がっていたっけ。

王侯貴族というのは面子《メンツ》を大事にするから、踊るにも場所を気にするものなのである。

「だからその、ロイド君たちに相応しい舞台を、と思って城を作ることにしたの。複雑な術式だったから組み上げるのに時間がかかったけど、間に合ってよかった。ロイド君にはこのくらいじゃ返せないような恩があるけど、少しは喜んでくれたなら嬉しい」

コニーはどこか照れ臭そうに微笑を浮かべる。

まぁ俺は全く気にしないが。それでもこんな魔力で作られた城を見られたのは本当に感激である。

「おやおや、女性相手にあんな眩《まぶ》しい顔をするロイドは初めて見たよ。これはもしや青春というやつかな？　ふふ、可愛い弟の成長というのはいいものだねぇ」

「やれやれ、あのロイドが女の子に興味を持つとはなぁ。コニーも満更でもなさそうやし、ちーと応援したくなるやないの。にへへ」

「ああっロイド様、シルファは喜ばしく思います。女性への関心を持たれたということは、私にも少なからずチャンスはある。であればこのシルファ＝ラングリス、そこらの女性に負けるような鍛え方はしておりません。ふふ、ふふふふ……！」

「シルファさん血涙が……怖いよ……」

アルベルトたちが何やらブツブツ言っているが、俺は魔力城の構造を観察しているのでそれどころではない。

ほうほう、魔力の繊維化ってこんなに低コストで出来るんだ。束ねることで細い糸でも丈夫になるのか。それに地系統魔術の術式を使って、隙間を埋めているのだな。

小さな工夫の積み重ねでここまでの巨大建造物を生成するとは、大したものである。うんうん。

「さてさて皆さま、お待たせしました。ウィリアム学園祭も最後の催し、ダンスパーティーを開催しまっせー。最後までしっかり楽しんでってなー」

おおおおお、と歓声が上がる。

――結局、シェラハはあれからずっと人に囲まれており、声をかけることは出来なかった。

どうやらダンスパーティーに出るつもりのようで、ちゃっかりノアをパートナーにしている。

「つーかあの野郎、一体何を考えてやがるんだぁ？　やるならさっさと襲って来ればいいのによ、何とも不気味だぜ」

「ですがあの魔族女、よく見れば中々の見目麗しさですね。いえ、もちろんシルファたんには敵いませんが、かなりイイ線いっていますよ？」

「何言ってんだお前……」

唸るジリエルにグリモは冷たい視線を向けている。

確かにシェラハが何を企んでいるのかは気になるが、それよりも俺としてはもっと困ったことが起きている。

「ダンスパーティー、頑張ろうねロイド君」

これから始まるダンスパーティー、俺の傍らにいるのはドレス姿に着飾ったコニーである。

短い髪も丁寧にまとめ上げ、フリルの沢山付いたミニ丈のドレス。

衣服の所々には花があしらわれており、ヒールの靴は歩きにくそうだ。


「へぇ、見違えたじゃないか」

いつもはツナギとか作業しやすい服を着ているコニーのドレス姿は新鮮だ。

「シルファさんに着付けられたんだけど……こういう服、私には似合わないよね」

ひらひらしたスカートを抓《つま》んで首を捻るコニー。だが俺はそうは思わない。

「いいや。よく似合ってるぞ」

「そ、そう……？」

コニーも慣れないのか、若干照れ臭そうにしている。

「ほほう……イイじゃねーか。しかしメガネは外さねーんだな。ドレスと絶望的に似合ってねぇぜ」

「愚か者め。それがいいのだ。メガネ美少女からメガネを外すことはアイデンティティの喪失を意味する！　そこら辺分かっているシルファたんは流石としか言いようがない！

そしてあの貴重な照れ顔……ふっ、そろそろコニーたんと呼んでも良いかもしれんな……」

グリモとジリエルがブツブツ言ってるのはいつものこととして——

本来ならシルファたちがパートナーだったはずだが、「自分とこのメイドと踊るとか、男として恥ずかしくないんかい！」とビルギットからのダメ出しを喰《く》らってしまったのだ。

そんなわけでコニーと組むことになったのである。

まぁこちらは大した問題ではない。元々目立ちたくなかったからな。むしろ大歓迎だ。

本当にマズいのはこちらである。

俺が視線を向ける先では、生徒たちがダンスの練習を行っている。

「右、左、右、左……よし、ここでターンだな」

「あぁ、緊張してきた……もう一度最初からワンツーワンツー」

たどたどしいステップ、未熟なターン、引きつった顔……これはひどい。完全に不思議な踊りである。

そう、困りごとというのは周りの者たちのレベルが低すぎるということだ。

俺自身はもちろんダンスなんかに微塵も興味ないのだが、前にサルームで開かれたダンスパーティーで覚えるのが面倒だからとアルベルトの技術を制御系統魔術でコピーしたことがあったのだ。

それでこの歳にしてダンスの天才だとか何とか言われ、誤魔化すのがすごく大変だったという苦い思い出がある。

まぁもう二度とダンスなんかするつもりはないし、そのうち皆忘れるだろうとタカを括っていたのだが……

「ロイド、出るからには優勝せな許さんで。あの時の技、忘れとらんやろな」

「問題ありませんビルギット様。ロイド様には剣術の稽古を通してしっかりと手解《てほど》きをしております。負けることなど万に一つもございませんとも」

「その通りだとも。ロイドの腕前は僕と並べても遜色ないレベルだ。多少のブランクはハンデのうちに入らないよ。楽しんで優勝してくるんだよ、ロイド」

……残念ながら皆バッチリと覚えており、これでもかというくらい期待されている。

参ったな。ここで優勝なんかしたらやはり目立つし、しなけりゃしないでアルベルトたちから手抜きだと思われるだろう。

ちなみにアルベルトとビルギットは審査員、手抜きはすぐにバレてしまう。

「そうだ、シルファとレンは出ないのか？」

見目麗しく、ダンスの腕も確かなこの二人が出れば俺が目立たずに済むかもしれない。

「ロイド様と出ないのに私が出る意味はありません」

「ボクも、他の人とは踊りたくないなぁ……」

しかし二人共、深いため息を吐いて首を横に振る。

とてもそんな気分ではない程落ち込んでいるようだ。

何をそんなにガッカリしているのか全く分からないが、俺だってそんな気分じゃないんだけどなぁ。

せめてダンスの上手いアルベルトたちがいれば、俺だけが目立つ事も避けられるのだが……そうだ。いいこと考えたぞ。

これなら目立たずにこのダンスパーティーを終えられそうだ。ふふふふふ。

「……どうしたのロイド君、不気味な笑みなんか浮かべて……」

「いや、なんでもないよ。それよりダンスが始まるぞ」

既に曲は始まっており、俺たちより前のペアは次々と階段を登っている。

「さぁ行こう」

「う、うん」

俺はコニーの手を取ると、幻想の城を駆け上がるのだった。

◇

階段を登るとそこは大きなホールで、十数組のペアが一定間隔を保って佇《たたず》んでいた。

最後に俺たちが位置につくと、曲調が変わる。始まりの合図だ。

頷くコニーの手を引き、踊り始める。


最初は大人しい曲調で、皆は穏やかに踊り始める。

しかしそんな、技術差は出にくいはずのダンスでも俺たちに比べると周りの皆はダメダメだ。

大陸最高峰の学園で学業に励んでいるくらいだし、ダンスにそこまで打ち込んでいる者はいないのだろう。

ダンスは王侯貴族の嗜《たしな》みだが、実力主義のこの学園にはそんなもの知ったことではないという者や、そもそも平民も多い。

これでは経験者である俺たちが優勝確実とか期待されても仕方ないだろうが……そうもいかないいんだなこれが。


俺は指先に魔力を練り込み、発動させる。

するとフロアで踊っている者、全ての動きが格段に変わった。

「な、何が起きたんだ⁉　まるで自分の身体じゃねーみたいに動きが止まらねぇ！」

「いつもとステップの切れが違いすぎる！　まさか俺の隠された力が発動したとか⁉」

皆、驚いてはいるものの、ダンスに夢中でそれどころではなさそうだ。

ふふふ、上手くいったな。

今使ったのは制御系統魔術、踊っている者全ての動きをアルベルトと同レベルでトレースさせたのだ。

俺の企みというのはこれ、フロア全体のレベルを上げてしまえば俺だけが目立つこともない、というわけである。

我ながら見事な作戦だ。これで俺が優勝出来なくても、アルベルトたちに怪しまれることはないだろう。

「なんと……生徒たちのダンスの腕はそこまで高くないと思っていたが、どうやら違ったようだな。これは流石にロイドの優勝も危ういか」

「えぇ、ですがロイド様ならどうにかするはず。期待して見守りましょう。……しかし妙ですね。彼らの踊り、どこかアルベルト様に似ているような……」

審査席にいるアルベルトたちの声がマイク越しに聞こえてくるようだが、誤魔化せていると思う。多分。

そうこうしているうちに曲のテンポが上がっていく。

皆の踊りも切れを増していき、ホール全体も徐々に熱を帯びている。

今のところいい感じだ。皆の動きが良い為、俺だけが目立つのは避けられている。

それに、嬉しい誤算もある。

俺の視線の端で、シェラハが長いスカートを振り回し見事なターンを決めた。

おおおお！ と客席から声が聞こえる。

このホールで最も目立っているのは魔軍四天王、シェラハとノアのペアであった。

「うおー！ いいぞねーちゃん！」

「ヒューヒュー！ こっち向いてくれー！」

飛び交う歓声は殆どがシェラハに向けられたものだ。

実際素晴らしい。時に激しく、時に嫋《たお》やかに、まるで流れる水のようなダンスは見るもの全てを魅了している。

横目で見ていても目を奪われるほどだ。

「ほう、この私が魔族の舞踏に見惚れるとは……ふっ、大したものです」

「なんで偉そうなんだよクソ天使、しかし何考えてんだあの女、マジに踊りに来たってだけじゃねぇだろうが……」

ともあれ、俺への注目が薄れているのはありがたい。

何の意図でダンスパーティーに乗り込んできたのかはわからないが、このまま目立ちまくってくれよな。


——そしてまた曲調が変わる。

今度は打ち寄せる波のようなリズム、シェラハのダンスに合わせたような曲である。

こんな予定はなかったはず。どうやら演奏者をも味方につけたようだ。こりゃ優勝は決まったかもな。

俺は隅っこで地味に踊っていればいいだろう。

「……しかし見れば見るほど見事な踊りだ。素晴らしい」

「あぁ、俺でも見惚れるぜ。これだけの観衆を釘付けにするのもわかるってもんだ」

ジリエルだけでなく、グリモまでシェラハの踊りに感化されているようだ。

まぁ俺としてはどうでもいいが、少し離れていればさらに目立たないかもな。

俺がそう思い、移動しようとした時である。

ひゅお、と風切り音と共に俺の首元に何かが迫る。

水だ。圧縮された魔力の込められた水の刃を、自動展開した魔力障壁が弾き飛ばした。

水の刃の出所はシェラハだ。激しく舞いを続けながらも俺の方を見て、蠱惑的《こわくてき》な笑みを浮かべてくる。

「あらすごい。私の流水演舞を間近で受けて、まだそんなに動けるとはね」

シェラハが舞うたびにがくん、がくんとノアが揺れる。

その目は虚ろになっており、意思のない人形のようだ。

ノアだけではない。周りで踊っている生徒や客席の者からも、まともな意思は感じられない。

何かが起きているようだ。

「魔軍四天王が一人、蒼のシェラハ。我が舞は周囲全てを魅了する！　さぁ座してその目に焼き付けなさい。流水演舞・極！」

シェラハの動きが更に激しさを増す。

周囲には水の玉が浮かび、音楽に合わせて形を変えている。

ふむ、この踊りは魔力を乗せたものだな。

踊りに合わせて魔力の波長を変化、見る者に精神作用を及ぼすというわけか。

例えば精神感応系統魔術や神聖魔術などがこれに当たる。自白を促したり、性格そのものを変えたりと、変わった魔術が多いんだよな。

だが術式を用いず、魔力の波長の変化のみでやるというのは中々面白い試みだ。踊りという原始的行為だからこそ、精神に直接働きかける効果が得られるのかもしれない。なるほど、勉強になるな。

感心する俺の目の前で、シェラハの舞は最高潮に達していた。

飛んだり跳ねたり、くるくる回ったり、とにかくすごいことになっている。

俺に踊りの素養があればもっと詳しく語れるのだが、ないのが残念だ。我ながら語彙力が死んでいる。

「馬鹿な……私の流水演舞は如何なる魔力障壁をも超えて催眠効果を与える技、それをこの至近距離でまともに受けて、何故全く効いてないの⁉」

「そんなこと言われても、俺はダンスに興味ないからなぁ」

周りに上手い人が沢山いたから良し悪しくらいはわかるが、俺にとってはそれ以上でも以下でもない。

踊りそれ自体に興味は全く、微塵もないのだ。

あ、魔力を乗せた踊りというアイデアは面白いと思うけど、基本的には単純な技なので魔術的にはあまり興味をそそられない。

時々飛んでくる水の刃も特筆すべき程じゃないし、正直俺がわざわざ分析する程でもないな。

「くっ、魔王様をも唸らせた私の舞が通用しないなんて……！」

シェラハは信じられないといった顔だ。

なんかその、ちょっと悪いことをしたかもしれない。

「ふ、ふふふふふ……」

さっきまでショックを受けていたシェラハが不気味な、しかしどこかヤケクソじみた笑みを浮かべる。

「……我が流水演舞に目を奪われない人間がいるなんて、正直言って想定外だったけど……それでもこの舞台、私の優位に変わりはないわ！」

また踊りの形が変わった。

シェラハの周囲に水の玉が浮かび上がり、それが刃と形を変えて俺に襲いかかってくる。

魔力障壁で防げるレベルだが、シェラハもまた魔軍四天王というだけあって、一撃一撃がそこそこ重い。

連続で喰らい過ぎると俺の魔力障壁でも耐えられないな。

更に、不利な要素はある。

「おーい、コニー。手を離してくれないか？」

「……」

虚ろな顔で俺の両手を掴むコニー。

どうやらシェラハの踊りの効果をモロに喰らっているようだ。

振り解こうにもコニーの力は俺よりもかなり上だし、無理やり魔術で引きはがしたらえらいことになりそうだからなぁ。ま、多少動きに制限がかかるくらいだから大した問題ではないのだが……

「ふひっ、ふひひひひひ。素晴らしい舞ですなぁこれは。ふひひひひっ」

「うへっ。全くだぜこの女、いーいケツしてやがるよなぁ。うへへへへっ」

おまけにグリモとジリエルまで妙な感じになっている。

この二人は元々アレではあるが、正気を失っているせいでその口を両掌に宿せないのだ。

つまり古代魔術、神聖魔術、封印魔術の三重詠唱、魔族殺しとも言える『灰魔神牙』が使えない。

しかもシェラハの水の刃は俺だけに狙いを絞っているわけでもなく、魔力障壁で防がねば周りで踊っている生徒たちへ当たってしまうだろう。

「ふふふっ、足を引っ張られながらも味方を見捨てることは出来ないでしょう？　お優しいわねぇ坊や。卑怯《ひきょう》？　卑劣？　何とでも罵りなさいな。私はその為にこうして舞台を整えたの。罵倒はむしろ賞賛にしか聞こえないわ！」

シェラハの舞は更に勢いを増していく。

魔術も効果が薄く、戦闘力も高い魔族、その中でも魔軍四天王《こぃつら》は別格。

それを動きの制限された状況、かつ単独詠唱魔術で何とかせねばならないわけだ。

「――ふ」

思わず笑みがこぼれる。

なるほど、そんな状況を覆せる魔術を思う存分試せるのだ。

しかも皆、まともな判断力を失っているし、今ならやりたい放題である。

あんな組み合わせやそんな術式も試せるのだ。こいつは楽しくなってきたじゃないか。

ふふふふふ。

「ぶ、不気味ね……ピンチ過ぎて逆に笑えてくるという現象は聞いたことがあるけど、その類いとか？　一体何を考えてるのかしらこの子……」

シェラハが何やらドン引きしているが、それよりこの間の戦いで思いついたアレ、やってみるか。

魔力を込めた俺の手がまばゆい光を放ち始める。

——神聖魔術、光武。

これは光の武具を生み出す魔術で、注ぎ込む魔力によって様々な形の刃を生成するというものだ。

「な、何よそれ……？」

神聖魔術の使い手はかなり少ないが、魔軍四天王ともなれば見たことはあるはずだろう。

それでもシェラハは驚いた表情を見せている。

どうやら俺がやってるのは、そこそこ珍しい試みのようだな。

俺の生成した光武は先日シルファが手にした禁具『白一文字』と同様、術式のみで構成された刃である。

「光武・術式刀ってところか」

それを束ねて束ねて、何重にも折り畳んで作り上げた光の剣だ。

まずはどの程度の切れ味か、試してみよう。

というわけでシルファの動きも制御系統魔術でトレース。くるりと踵《きびす》を返し、シェラハへ向かって跳ぶ。

「さて、切れ味はどうかな」

振り下ろす剣がシェラハの髪を数本切り離す。

返す刀で更に数本、今度は血飛沫《ちしぶき》も宙を舞う。

流れるような舞と共に繰り出される連撃は鋭さを増し、必死で躱し続けるシェラハの身を刻んでいく。

「くぅっ⁉ 術式で構成された光武ですって⁉ そんなもの数百年生きてきた私でも見たことも聞いたこともない……やはりこの坊や、危険すぎる！ でも——これならどうかしらっ⁉」

俺の斬撃を目前にしたシェラハは、一緒に踊っていたノアを突き出してくる。

「さぁ剣を止めなさいな！　その隙に貫いてあげるっ！」

そのすぐ後ろには水で作り上げた剣が構えられている。俺が剣を緩めたら、それごと貫くつもりだろう。

俺は眼前に迫るノアに向け、勢いのまま剣を振るう。

「血迷っ――」

言いかけたシェラハを光の剣が両断する。

ノアは無事だ。この光武・術式刀は魔族に対してのみ働く浄化系統術式で構成されている。

故に人間であるノアの身体を透過したのである。……ま、多少精神に影響は出るかもしれないが、ぶった斬られることを思えば何もないに等しいだろう。

実験中は意識が散漫になりがちで周りに気を遣う余裕はないし、これくらいの小細工はしておくさ。

というわけで改めて、魔力体のみを断ち切る感覚を確かめるとしよう。

「ラングリス流剣術——竜頭牙尾」

身体ごと突っ込みながら繰り出す大振りの斬撃。

シェラハはギリギリで躱すが俺もすぐに追撃に移る。

「ぐっ！　な、なんという疾《よ》さ……！」

避け続けるシェラハだが、徐々に回避は困難になっているようで斬られる箇所が増えていく。

竜頭牙尾は超高速で繰り出される連続剣舞。

そのタネは最初の大振りで相手を意識させた後、こちらはその反動を利用した高速斬撃に移行する事にある。

緩急をつけた攻撃は目で追えるものではない。

「きゃあああああああっ⁉」

そして一度攻撃に入れば抜け出すことは不可能。

連撃に次ぐ連撃はシェラハの全身を刻み続け、そして——

「ぁ――」

細く長い苦悶の声を残し、シェラハは崩れ落ちる。

同時に、俺の作り出した光の剣も砕け散ってしまう。

「おっと、禁具『白一文字』の弱点である脆さは俺なりに改良したはずだったのになぁ」

禁具『白一文字』は切れ味に特化した術式で構成されており、僅かでも剣筋が乱れたら折れるような脆い剣だ。

故に俺はこの術式刀に改良を加え、刀身自体を硬化させたのだが、もしやそれが逆に良くなかったのかもしれない。

頑丈になればその分摩擦も増え、剣は折れやすくなるものだ。

逆に言えば『白一文字』は極端なまでに切れ味を上げ摩擦を限りなくゼロにすることで、剣筋さえ乱さなければ刀身は折れない剣にしたのだろう。

何事も半端はよくないということか。

こういうのも多くの実験と検証により生み出されたのだろう。いやぁ勉強になるな。うんうん。

術式刀を解除していると、俺の両手にいたグリモとジリエルが呻《うめ》き声を上げる。

「くそっ、あ、頭が痛ぇ……記憶がトんでやがる……」

「……はっ！　い、一体何が起こったのですか⁉」

おっと、どうやらグリモとジリエルも正気に戻ったようだ。

シェラハを倒したから、魅了が解けたんだな。他の皆もすぐに戻るだろう。


「さて、どうやって誤魔化したものか――」

俺が呟くのとほぼ同時に、背後に強力な魔力が生まれる。

それは風を纏いながら真っ直ぐ、突っ込んできた。

咄嗟《とっさ》に生成した魔力障壁・強に激突し、ぎぃん！　と甲高い音が鳴り響く。


「シェラハよ、お前が命を賭して作ったこの機会、必ずモノにしてみせる！」

そこにいたのは魔道具による拘束を破り、大槍を手にしたゼンだ。

たった一撃で魔力障壁・強に大きな穴を開け、その先端は俺の眼前まで迫っていた。

「ゼンか。そういえば二人は同じ四天王だったな」

「……あの一瞬の隙にも反応したか。しかもこの魔力障壁、尋常ではない硬さ。分かっていたがとんでもない戦力差、しかしだからと言って、退《ひ》く理由にはならぬ！　うおおおお！」

咆哮と共に繰り出される突きで結界が破壊されていく。

ふむ、ここは先刻の反省を生かし切れ味重視の光武・術式刀で対応するか。

結界が崩れたその直後、俺の生み出した術式刀でゼンの突撃を弾く。

ぎぃぃん！　と鈍い音がして術式刀が折れる。

まだまだ、幾らでも作れるぞ。生み出した剣で何とか捌《さば》く。捌く。捌く。

うおっ、こいつめちゃくちゃな疾さだぞ。しかも戦士としての技量も高いときた。

シルファの動きをトレースしているのに追いつかない。ふむ、達人ってやつだな。

いくら動きをトレースしても、リーチ、パワー、スピード、どれも俺自身の身体能力で再現している以上、結局劣化コピーにしかならない。

こいつは単純な斬り合いで勝つのは難しそうだな。

「どわわわわっ⁉　な、何が起きてるんすかロイド様ぁ⁉」

「いきなり戦闘中⁉　しかも相手は拘束されていたはずのゼンですと⁉　理解が追いつきませんよ！」

「そういや二人とも、正気に戻ってたんだったな」

ならばもう一つ、試したかったことがある。

早速二人の『口』を借りる。


「[redacted]」

呪文束による高速詠唱で発動させるのは幻想系統魔術、模写姿。自らの姿を変化させる魔術である。変じた姿はサルーム王国第一王子、シュナイゼルだ。

「む……！」

ゼンの動きが止まる。俺《シュナイゼル》の姿に一瞬戸惑ったようだが、すぐに気を取り直し攻撃を再開する。

「ふむ、幻想系統魔術か。如何にも強そうな男だが所詮は幻。見かけを変えただけで距離感を惑わそうとしても無駄――」

めり、と言いかけたゼンの頬に俺の拳がめり込む。

「ば、馬鹿な……幻のはず、なのに……⁉」

「さて、それはどうかな？」

俺はシュナイゼル同様、低く、重い声で言う。

うーん、中々渋い声だな。いい感じだ。

光武・術式刀を手にし、反撃を繰り出していく。

ぎん！　ぎん！　がん！　力任せに振るうだけでもゼンを圧倒出来るこの身体能力。

そう、この身体は幻ではなく実際のシュナイゼルとほぼ同等のものだ。

この模写姿、魔軍四天王が魔力を練り上げ実際に身体を構成したのを参考にしており、術式を大幅に変更することで知り合いの身体を幻ではなくそのまま再現できるようにしたのだ。

それにしてもこれが戦闘において知略、武力共に秀でたシュナイゼルの肉体か。

どれだけ鍛えればこの境地に至れるのやら。全く想像もつかないぞ。流石はサルーム最強の将軍と言われるだけはある。

だがこの剣ではやや小ぶりだな。身体に見合うものにするか。

——術式改変。刀身の形を変化させ、大きく長く、伸ばしていく。

「うん、いい感じだな」

光武・術式刀により生み出すのは身の丈を超える大剣。

以前シュナイゼルが持っていた大剣をモデルにしている。これでリーチも五分以上。

大剣を振りかぶり、真っ直ぐに駆ける。


「ぐっ――!?」

槍で防ごうとするゼンだが、それで防げる程この一撃は軽くない。


「ラングリス流大剣術――鬼神腕」


だん！　と、構えた槍ごとゼンを断ち斬る。

ゼンはがくりと崩れ落ち、そのまま床に倒れ伏した。

「あ、ありえねぇ……魔軍四天王最強の武力と言われるゼンを槍ごと、しかもたった一撃で……一体どういう斬撃だよ……」

「兄君の姿を借りただけでなく、その身体はロイド様の魔力で紡いだ特別性。当然普通の肉体より何倍も頑強。故にここまでの能力となったのでしょう。いやはや全く、流石としか言えませんね」

二人は何やらブツブツ言ってるが、俺としては皆が目を覚ます前に終われてよかったといったところか。

つい勢いでシュナイゼルの身体なんか作ってしまったが、こんなもの見られたらえらい騒ぎになっていただろう。

危ない危ない。俺はため息を吐きながら術を解くのだった。

◇

「う……あ、あれ？」

「俺は一体、何を……？」

寝転んでいた者たちがうめき声を上げながら、身体を起こし始めている。

おっと、本格的に目を覚まし始めたな。

早く後片付けをしないとな。

というわけで発動させるのは禁書庫で見つけた魔術書で覚えた空間系統魔術『次元保庫』。

これは次元の狭間《はざま》を切り取って空間を生成、何でも入る収納スペースとする魔術だ。

こいつに気を失ったゼンとシェラハを放り込めば、とりあえず隠せはするだろう。

「ロイド様、この二人とも殺《や》っちまわねーんですかい？」

「あぁ、その必要はないだろう」

「いや、あると思いますが……相手は魔軍四天王ですよ？」

ジリエルが呆れ顔で忠告してくるが、俺はそうは思わない。

確かにこいつらは相当強く、人間を傷つけるのも何とも思ってない。そもそも魔族という時点で危険極まりない奴らだ。

しかし意外と話も通じるし、すぐに殺してしまうべき、とまでは思えないんだよな。

……まぁそれは建て前だけど。だって折角こんな面白い奴らを生きたまま捕まえたのに、殺すなんてもったいないじゃないか。

魔界とやらの知識や技術、そこにいる生物や魔術的なモノとか、知りたいことはいくらでもある。

いやぁどうなることかと思ったけど、ダンスパーティーに出てよかったなぁ。

貴重な魔軍四天王を二人も捕獲できたんだから。よーし、後で色々聞きまくるぞー。

そんなことを考えながら、二人を『次元保庫』に放り込もうとした、その時である。

「……？」

二人の気配が急に薄くなったような気がした。

見ればゼンとシェラハは自らの腕で自身の胸を貫いていた。

「な、何してやがるんだこいつら⁉　自分で自分を攻撃しただとぉ……⁉」

「自死……？　二人の魔力がどんどん崩壊している……止まりませんよ！」

グリモとジリエルの言う通り、二人の魔力体は崩壊を始めている。

一体何を考えてこんなことを……茫然《ぼうぜん》と立ち尽くす俺の目の前で、霧散していく魔力粒子が特定の方向へと流れているのに気づく。

その向かう先は――

「これ、で……私たちの役目は終わり、ね……」

「あぁ……我が主もようやく目覚められるだろう……」

二人はどこか満足げな顔で消滅していく。

おいこら、安らかな顔で消えるんじゃない。お前らにはまだ聞きたいことが山程あるんだぞ。

別に取って食おうってわけでもないのに一体どうして……くそっ。

落胆の息を吐いたその瞬間、俺の全身がぶるると震えた。

「ロロロ、ロイド様、ああ、あれを……」

グリモが声を震わせながら言う。

指差す先にいるのは、ゆっくりと身体を起こすコニーだ。

……いや、アレは本当にコニーなのか？　その雰囲気は異様の一言でしか言い表せない空気を纏っていた。

しかも今のコニーには、彼女が本来持たないはずの魔力が——ある。

感じられるのは魔族特有のドス黒い魔力。

魔軍四天王が纏っていたのも異質だったが、コニーのそれはまさに漆黒。別物と言っていいほどの純度だ。

「ややや、ヤバすぎです！　あんな魔力は見たことがない！　ロイド様、今すぐ逃げましょう！」

「そうですぜ！　魔軍四天王を束にしても比較にすらならねぇ凄まじすぎる魔力！　あれは、まさか、よもや、伝説の——」

「——ふむ」

コニーが、そうだったものが呟く。

低く濁った声が、普段の声と重なって聞こえていた。

「これが今世の我が肉体か。女の身体など――とは思っていたが、存外悪くないものだ」

くるりとこちらを向き直り、メガネを外す。

その顔つきはコニーとは全く違っていた。

いつも好奇心に輝いていた目は鋭く、怪しい光を帯びており、口元には歪《いびつ》な笑みを浮かべている。

それに妙だ。さっきから奴の周りを、魔力の霧とでもいうべきものが漂っていた。

霧から感じられる気配は……ゼンとシェラハ、だろうか。奴は霧を指先で弄ぶようにしている。

「おっと、貴様らも労《ねぎら》ってやらねばならんな。――うむ、よく働いてくれた。大義であったぞ。褒めて遣わす」

褒められた魔力の霧が嬉しそうにするのをひとしきり眺めていたかと思うと、不意に冷たい空気が張り詰めた。

「おいそこの貴様、何を見ている。我をこの世界を統べる王、ベアルと知っての狼藉《ろうぜき》か？」

――ベアル、そう名乗ると共に凄まじい魔力の波動がビリビリと響く。

その圧力に目を覚ましかけていた者たちは再度気を失ってバタバタ倒れる。グリモとジリエルもまた白目になりながら口から泡を吹いていた。

魔王ベアルといえば、かつての魔軍進撃にて魔族を率いた王である。

ひとしきり大陸を荒らしまわった後、どこぞに消えてしまったと言われていたが……何故コニーの身体を乗っ取っているのだろうか。

疑問に首を傾げる俺を見て、ベアルはほうと頷く。

「貴様、余の圧を受けて立っているとは中々やりおる。……ふむ、もしやこの娘の好人《いいひと》か？　愛の力で何とか立っている、といったところか。ふふ、泣かせてくれる。よかろう。余もこうして身を得たことで今、とても気分がいい。故に貴様の冥土の土産に教えてやる。今何が起きているのかを――な」

ベアルは機嫌良さそうに言葉を続ける。

「かつて余はこの地にて眠りについた。我が魔力は大地に染み渡り、やがて百数十年が経過した頃、いつの間にか人間どもは余の魔力に満ちた地で暮らすようになったのだ。余の魔力に怯《おび》えた魔物どもが近づいてこられなかったから人間どもにも都合が良かったのであ

ろう。だが余の魔力の影響で人間どもは皆、どこかに病を抱えて生まれてきていた」

なるほど、そこがコニーの住んでいた村というわけか。

あの土地には魔物も近づかず、人々も魔力障害を持って生まれてくる。

こんなとんでもない奴の魔力が大地に満ちていたら、それも当然だな。

「しかしそんなある日、この娘が生まれた。こやつはあらゆる魔力を自らの内に封じ込めるという体質でな。それを知った余はこの肉体に自らの核となる部分を宿すことにしたのだ」

魔宿体質であるコニーは魔力を持たないが、あくまで魔力を発現できないだけであり、その体内には魔力が渦巻いている。

つまり魔力を封じる効果がある、ということだ。その力によって、コニーは魔力体であるベアルをそのまま身体に宿していたのか。

「そうして我が核を宿したこの娘は成長し、この学園に辿り着いた。そこには我が魔力の大部分が封印されているからな。封印は長い年月により綻んでおり、余の一部である魔軍四天王が身を捧げることで共鳴を起こす。こうして復活を遂げたのだよ。くくっ、理解したか？」

魔術的に言えば、封印を解除する方法は大きく分けて二つ。すなわち、内から壊すか、外から壊すかだ。

ベアルには魔軍四天王と似通った魔力を感じる。

恐らく身を分けた分体というやつだろう。グリモも以前、似たようなことをしていた。

分体である魔軍四天王の呼びかけに本体が応じれば共鳴により封印は綻びる。

そして呼びかけの最たるものが死だ。思えば四天王はコニーに近づこうとしていたな。

これを狙っていたのか。

こんなトンデモ魔力が溢《あふ》れたら、人間の中身が耐えられるはずがない。

コニーの意識は失われ、ベアルに乗っ取られたというわけだ。

「──さて、話は終わった。残念だが貴様の愛する者が帰ってくることはもうない。しかし絶望することはないぞ？　すぐに貴様ら──いや、人間全てを同じ場所へ送ってやる」

空へ真っすぐ手を掲げたベアル。その人差し指に魔力が集まっていく。

生まれた巨大な黒の塊は急速に大きくなり、空を覆わんばかりとなった。

学園と同等に近い広さはあるだろうか。大気は哭《な》き、大地も震えている。

「さらばだ。人の世よ」

そう呟いてベアルは指先一本で支えていたそれを——放った。

◆

もうもうと立ち昇る黒煙を一瞥し、ベアルは夜空へと舞い上がる。

そして上空より見える景色を見てつまらなそうに息を吐く。

「……やれやれ、何百年経ってもこの世界は代わり映えせぬな」

かつてベアルはより強き者を求めて魔界よりこの大陸を訪れた。

しかし彼を満足させる者はついぞ現れず、そこで長い眠りについたのである。

そして年月は経ち、目を覚ましたベアルはまず期待した。久々の現世、新たな強者の気配くらいは感じ取れるのではないかと。しかし周りにいたのは凡百としか言えないような魔力ばかり。

——否、先刻話した少年だけは多少見どころがあると言えたが、それでもベアルが心躍る程ではなかった。

「魔軍四天王《我が分身》どもが相手なら、そこそこは戦えそうだったがな」

惜しいな、とベアルは落胆する。

「恐らくは人類史上でも一、二を争うような天才が極限の努力の末に辿り着いた姿。しかしあれでもまだ足りぬ。余が欲するのは血湧き肉躍るような戦いよ。我に匹敵する力――それは才と努力だけで得られるものでは決してない。無限の欲求、無限の時間、無限の探究心……寿命の短い人間では決して辿り着けない境地だ。ふっ、だが期待など最初からしていない。圧倒的な強者故の孤独はとうに受け入れて――」

言いかけてベアルは目を見開く。

爆発の黒煙が晴れたその向こうでは、破壊したはずの学園塔が健在だった。

少年――ロイドの展開した魔力障壁展開で防がれたのだ。

「何だと……？」

思わず言葉が溢れる。先刻の魔力の塊、ろくに練り上げもせずぶん投げたものだったが、それでも人間に、魔軍四天王レベルでは耐えられるものではない。

「しかも自身だけでなく、学園や周りの者たちまで守り切る、か。――おい、貴様名を申してみよ。余の頭の隅を汚す栄誉をくれてやる」

ベアルの問いにロイドは少し考えて答える。

「ロイド＝ディ＝サルーム。ただちょっと魔術が好きな第七王子だよ」

◆

「――くくっ、ふはははは！」

突如、大笑いし始めるベアル。

一体どうしたのだろうか。別段変なことを言ったつもりはなかったのだが。

戸惑う俺をじっと睨みつけると、ベアルは口角を釣り上げる。

「なるほどなるほど、ただの魔術好きか。……ふむ、よかろうロイドとやら。どうあれ貴様が余の一撃に耐えたのはまぎれもない事実。余と相対することを許すぞ。さぁ存分にその力、見せるが良い」

ベアルの両手に先刻を超える密度の魔力が集まる。渦巻く魔力は大気を巻き込み、天すらも哭いているようだ。

「まずは小手調べだ。先刻がまぐれでないことを示してみよ」

渦巻く魔力の槍――というか塔を逆さにしたような巨大かつ鋭い魔力撃が真っ直ぐに落

ちてくる。

さっきの数倍はあるな。だが単純に魔力を注ぎ込んだだけの攻撃などつまらないぞ。

「空間系統魔術――『虚空』」

俺が指を鳴らすと、前方に数十メートルに渡る空間孔が生まれる。

この大穴は異空間に繋がっており、触れたあらゆるものを消し飛ばす。

どれだけ威力がある攻撃だろうが関係ない。ベアルの魔力撃もあっさり飲み込み、消滅させてしまった。

「更に『虚空・蝕』」

ぐぉん、と鈍い音と共に空間孔が形を変え、触手のようにベアルへ伸びる。

こいつは『虚空』を俺なりに術式を弄ったもので、従来のものと違い空間孔を変形可能だ。

これにより当てにくい『虚空』の欠点をカバーしたのである。

高速で迫る数本の空間孔、それを見てベアルは不敵に笑った。

そして——ぱりん！　と乾いた音が響き空間孔が砕け散る。

「ふむ、制御困難な空間系統魔術を高速変形させるとは大したものだが、術式が不安定だな」

そうは言っても発動さえしてしまえば効果自体は問題ないはず。……もしや術式に直接接触されたのか。

術式に介入し根本を破壊すれば、直ぐに効果も立ち消える。

だが不安定な術式とはいえ、あんな一瞬で見破れるものなのか？

「何をボサッとしておる。まだ終わりではなかろう？」

「——ッ！」

ががん！　と背後から凄まじい一撃が叩きつけられる。

俺の後方から魔力撃を飛ばしてきたのだ。魔力障壁・強を五重展開し、それでもこの衝撃。

空中に放り出された俺は、くるくると宙を舞う。

ようやく姿勢を立て直したものの、周囲には既に無数の魔力撃が待機している。

「そらそら、次々いくぞ」

どがががが！　と衝撃音が連続して響く。

俺が展開しているのは魔力障壁・極。

名前の通り魔力障壁・強の強化版で、どこまで硬く出来るか、というテーマに沿って作ったものだ。

大量の魔力を圧縮、最適化させることで『強』を遥かに超える硬度を持つ――のだが。

びし、びしとひび割れていく魔力障壁・極。

おいおい、とんでもない威力だな。

こいつは俺の最上位魔術でも傷一つ付かない硬度なのだが。

「おいおいどうした魔術好き、亀のように丸まっていては戦いとは言えぬのではないか？」

言葉と共に叩き込まれる、魔力を乗せた蹴り。

その一撃で魔力障壁・極は砕け散る。俺は遥か後方まで吹き飛ばされ、聳《そび》え立つ岩山へと叩きつけられる。

おーいてて。魔力障壁越しでも響くような威力だ。

「……はっ！　俺死んだ⁉　いや生きてんのか……ってか天使、魔王が復活とかどうとかとか言ってなかったか⁉」

「落ち着け魔人、これは夢だ。魔王復活などあるはずがないだろう。はっはっは。はっはっはっは」

今の衝撃でさっきまで気を失っていたグリモとジリエルが目を覚ましたようだ。

しかし二人とも気絶したり現実逃避したり、随分慌てているな。そんなに騒がないで欲しいのだが。

「そもそも今、その魔王と戦っている最中なんだぞ」

「ぎゃーーーーーーっ！」

絶叫を上げて白目を剝く二人。

どうやらまたも気を失ったようだ。うーむ、困ったものである。

「とはいえ、二人がそうなるのも分からなくはないか」

こいつの魔力量、そして威圧感は今まで出会ってきた者の中でも別格だ。

単純な戦闘力に興味はない俺だが、ここまで圧倒的だと流石に目を見張らざるを得ない。

なるほど、魔王と名乗るほどはあるな。

「というワケだ。グリモ、ジリエル。悪いが気絶している暇はないぞ」

「ぎゃーーーーーーっ⁉」

再度、絶叫を上げ目を覚ます二人。

両手に魔力を流して強制覚醒させたのだ。

流石に俺一人でこんな滅茶苦茶な奴を相手にするのはキッそうだしな。

「うぐ……夢じゃねぇんすね……目の前にいるのがあの伝説の魔王とは……現実とは思いたくねーっすが、マジなんすね」

「ですが魔王復活となれば世界の危機も同じ、数多《あまた》の美女たちを救う為ならばこの身、捧げましょう」

声を震わせながらも二人は俺の両手に宿る。

よし、覚悟は決まったようだな。


「――これで本気を出せる」

俺の呟きが聞こえたのか、ベアルはぴくりと眉を動かす。

「あぁ――なんだその、聞き間違いか？　今お前は『本気を出す』と言ったように聞こえたが」

「そうだけど？」

首を傾げる俺を見て、ベアルはくぐもった笑いを漏らす。

「……くくっ、強がりもそこまで来ると大したものだ。よかろう、存分に本気とやらを出すのだなぁ！」

「そうさせてもらうとも」

口上を述べるベアルの背後に回り込み、耳元で言う。

「ぬぅっ⁉」

振り向こうとするベアル、そのどてっ腹に拳を叩き込む。

「がはぁぁぁっ⁉」

どがががっ！　と数十発の拳を一瞬で叩き込まれ、ベアルは悶絶しながら吹き飛んだ。

その先にあるのは学園塔、ぶつかる前に魔力障壁を展開し上方へと弾く。

高速回転しながら雲に突っ込んだベアル、その数瞬後。

「かぁっ！」

咆哮と共に空を覆っていた雲が消し飛ぶ。

俺を見下ろすベアルの口元には血が滲んでいた。

「き、貴様なんだ、その姿は……⁉」

変容した俺の姿を見て、ベアルは目を見開く。

と言っても基本的な見た目は大きく変わっていないつもりだ。

尤《もっと》もグリモとジリエル、二人を宿した両腕だけはその限りではないが。

左手には漆黒の手袋。手の甲には山羊の角の印、掌には口が開いている。

右手には純白の手袋。手の甲には広げた翼の印、掌には口が開いている。

「うおおおっ！　な、何だこいつはよ。異常なまでに力が溢れてきやがるぜ！　これなら魔王の相手だって出来そうだ！」

「ええ、本来の身体よりずっと効率的に魔力が生み出せるようになっている！　素晴らしいですロイド様！」

それに宿ったグリモとジリエルが声を上げる。

これは二人の能力をフルに発揮できるよう俺が用意した腕型の形代《かたしろ》だ。

内部を走る潤沢な魔力線により、俺の魔力もロスなく全身を巡っている。詠唱用の『口』も良好、二人のテンションも高いときた。うん、いい感じだな。

——はっきり言って、俺の身体は戦闘向きではない。

子供だから身体も小さく強敵相手に肉弾戦を挑むのは不利だし、体内の魔力線だって発

達しきってはいないので大規模魔術や多重詠唱など強力な魔術を使う際には色々と工夫も必要である。

そう、俺が今まで得てきた知識を十全に発揮するには器が小さすぎるのだ。

そこで此奴《こいつ》の出番だ。魔力をロスなく流せるよう外付けの魔力線を大量に生成、圧縮、それを結束して両腕に纏わせたのである。

先刻シュナイゼルの身体をコピーしたが、あれはこの前段階だったというわけだ。

模すのではなく一から作り上げるのは中々骨が折れたが、魔軍四天王との戦いが役に立った。

ともあれ、そうして出来上がったのがこの腕――そうだな、名づけるなら術装魔力腕とでも言ったところか。

「ロイド様、俺の方に『黒羊』とか付け加えるのはどうですかね？」

「でしたら私の方にも『白鳥』と名を冠する許可を頂けないでしょうか？」

「別に構わないぞ」

名前なんてどうでもいいしな。二人がその方がいいならそれで構わない。

というわけで術装魔力腕改め『黒羊』『白鳥』――実験開始だ。

「ふっ！」

短く吐いた息を残し、空を蹴る。

ベアルが目で追いかけるが身体まではついてこられないようだ。

――裏ラングリス流、武神術。身体を限界まで酷使することで大幅な身体能力を発揮する技も、この状態ならノーリスクで使用可能だ。

高速で空を駆けながらベアルの死角に回り込みつつ、体内の気を練り上げていく。

そして、膨れ上がった気の塊を無防備な背中に叩き込む。

「――百華拳奥義、火々気功竜掌《カカキコウリュウショウ》」

火花が躍り雷光が弾ける。気功による打撃は魔族相手にもそこそこ効果はあるが、本命はこちらだ。

「ゆくぞ、魔人！」

「オッケェ天使！」

グリモとジリエルの詠唱に合わせるように術式を紡ぐ。

「――灰魔神牙」

俺の掌が眩《まばゆ》く輝き、一気に爆ぜた。

どぉぉぉぉん！　と爆音が轟き、反動で俺の身体も吹っ飛んだ。

おわっと、すごい衝撃だ。思った以上に詠唱が早く終わったから、逃げ遅れてしまったぞ。

詠唱は二人に任せているから、その分早めに発動するのを考慮した方がいいな。

空中で姿勢を整え、立ち昇る煙をパタパタと払う。

「ちょいちょい！　危なすぎますぜロイド様！　あんな近距離で灰魔神牙なんか使っちゃあよ！　結界を張らなければこっちまで危なかったですぜ⁉」

「そうですとも。……いや、しかし凄まじい連撃でした。あれではさしもの魔王といえど、タダでは済みますまい。流石はロイド様で――」

言葉が止まる。

二人を宿した『黒羊』と『白鳥』はズタズタに引き裂かれていた。

俺の攻撃に合わせ、放った魔力撃が『黒羊』と『白鳥』に直撃したのだ。

「な、何だぁ⁉　俺たちいつの間に反撃を喰らっちまったんだよ⁉」

「全く気づきませんでした……ぐぐ、ロイド様より賜った形代が……！」

俺が攻撃する瞬間、ベアルは『黒羊』と『白鳥』を掴み、力任せに握り締めたのだ。

二人への痛覚は遮断しておいてよかったな。

これだけのダメージをモロに受けたら、二人ともまた気を失っていただろう。


「くく、くははは……」

爆煙の中から聞こえるのはベアルの笑い声。

晴れていく煙の中から、口元の血を拭うベアルが姿を現す。

当てた部分の衣類こそ破れているものの、殆どダメージはない。

その上僅かに付いた傷すらも既に塞がりつつあった。


「あれだけ叩き込んで無傷だと……？　しかも魔軍四天王を一撃で倒した灰魔神牙ですら、すぐ治っちまうのかよ……！」

「信じられません。あれが魔王……！　まさに異次元の強さです……！」

グリモとジリエルは驚愕に目を見開く。

ふーむ、ほぼノーダメージとは驚くしかないな。

それだけでなくベアルは更に魔力を漲らせていく。

まだまだ本気はここからってとこかな。

「くく、残念だったな。今の攻撃悪くはなかったが、余を倒すには到底至らぬぞ？　貴様の本気とやら、少しは期待したのだが期待はずれだったかなぁ？　ふはははははっ！　はははは――」

高笑いが止まる。

今しがた破壊したはずの『黒羊』『白鳥』が復活していたからだ。

ま、自己修復機能《このくらい》は付けているよな。常識的に考えて。

当然、他にも機能は盛り沢山。

そして多種多様な機能を取り付けても、実際に使ってみなければわからないことは多々ある。

実験と言ったのはそういう意味なのだ。

「悪いな。まだ自分でも使いこなせてないもんでね。だがすぐに満足させられると思うよ？」

「……面白い」

笑みを浮かべるベアルだが、その表情は僅かに引き攣《ひ》《つ》って見えた。

◆

——本日本来、この日は月明かり一つない夜のはずだった。

にもかかわらず眩い光が空を照らし、辺りは真昼のような明るさで、凄まじい地響きや雷鳴轟音《ごうおん》の鳴りやまぬ様は世界の終わりを告げているようである。

周囲に住む人々は不安そうに夜空を見上げ、祈りを捧げる者も多くいる。

「ままー、おそらにひとがいるー」

「そんなはずないでしょう。……でもそうね、だとしたら、坊やが見たのはきっと神様だわ。あの恐ろしい天変地異から私たちを守ってくれているのよ。さ、神様が私たちを守ってくださるよう祈りましょう」

母は幼子の手を取って膝を突いて、祈るように手を握り合わせる。

幼子の目にはやはり人——少年が、両手から眩い光を放っているのがはっきりと映っている。

少年の放った光はもう一つの人影に激突し、また轟音が響き渡った。

「——っ⁉」

吹き飛ばされたベアルは空中で姿勢を立て直しながらも正面を向く。

対峙する少年――ロイドはその間にも涼しい顔で次の魔術を発動させていた。

眩い光の奔流が、漆黒の流星が、鋭く輝く氷炎の剣が、連続、かつ無数に次々とベアルを狙う。

それを時に防ぎ、時に避けながらベアルはロイドに肉薄した。


「はぁっはァー！」

叫び声と共に下腹部目掛けて拳を叩き込むベアル。

ずんっ！　と重低音が響きロイドは遥か上空へと吹き飛ばされた。雲を貫き、空の色が変わる程の高さまで上昇したところで、ようやく止まる。

更に、ベアルは追撃を繰り出すべくロイドの頭上に回り込んでいる。

一閃、鋭い蹴りがロイドを大気ごと切り裂いた。

「む⁉」

が、手応えはない。消えゆくロイドの残像、本体は既にベアルの懐に潜り込んでいた。

短く息を吐くロイドの全身には気と魔力が満ちており、拳へと流れ込む。

その背後には異国風の少女の影が見えた気がした。

「――百華拳、連撃連華」

極限まで練り上げた気と魔力を纏った拳の連打がベアルを襲う。

数十数百の連撃を叩き込まれながらも、ベアルは吠《ほ》える。

「甘いわっ！」

両腕をめちゃくちゃに振り回しながらそれを迎撃するベアル。

技術もクソもない魔力《ちから》任せの暴力だが、その重さと鋭さで連撃連華を打ち落としていく。

一進一退、二人は時に飛び道具を挟みながらも拳を、蹴りを放ち続ける。

そのあまりの速度故に無数の残像が生まれ、二人の残像同士が至る所で戦っているように見える程だ。

どどどどど、と静かな世界で衝撃音だけが響く。

大気が薄く、生物がまともに生きていられない環境下においても魔力障壁を展開するロイド、魔力体であるベアルは問題なく行動可能である。

「ふん、殴り合いもそろそろ飽きたな」

そう呟いてベアルは拳に魔力を込める。

多少威力を増した程度では軽く防がれる。ならばそれを砕ける程、強く、疾く打てばいいだけのこと。

呼吸と共に強大な魔力が圧縮され、ベアルの拳一点に集まっていく。

その圧力に周囲の空間は歪み、拳は黒く染まっていた。


時間にして一秒にも満たない僅かな溜め、しかし心眼に加え武身術により超身体能力となっているロイドにとってはあまりに大きな隙だった。

日頃の修練により、殆ど反射でロイドの身体が動く。

突進と共にロイドが生成するのは、光武・術式巨刀。

十数メートルの刀身にはそれだけ無数の術式が刻まれている。

──強い、本能的にその威力を察知したベアルが咄嗟に後ろへ飛ぼうとするが、背後にある『何か』に阻まれた。

岩だ。正確にはロイドが大宙から呼び寄せた隕石《いんせき》だった。

──星系統大規模魔術『天星衝《てんせいしょう》』。

魔力を帯びた超巨大な隕石に押しつけられたベアルに、術式巨刀が振り下ろされる。

「ラングリス流大剣術、鬼岩断」

本来は岩を背負わせた相手に強烈な斬撃を繰り出す技、その応用法だ。

大規模魔術により生み出した巨岩に逃げ場を阻まれたベアル目掛け、ロイドが剣を振り下ろす。

ざん！　ざざざざざん！

斬撃の束が逃げ場を失ったベアルを刻む。

一撃のたびに隕石は割れ、砕け、粉微塵になっていった。

「くく、やるではないか……しかしこの程度で……っ⁉」

支えを失い宙に放り出されたベアルに更なる追撃が迫る。

先刻よりも遥かに大きな術式巨刀——まさに極とも言うべきか。

最上段に構えた光の剣が、真っ直ぐに振り下ろされた。

——その一撃は大気の層を断裂し、凄まじい空気の奔流が巻き起こす。

気流の渦に飲み込まれながら堕ちていくベアル。

長い、長い落下の後、一筋の光の帯を残しながら地表へと激突した。

ずどぉぉぉぉん！　と爆音が響き大地が割れる。

地面には数百メートルに及ぶ亀裂が生まれ、周囲の岩山が飲み込まれ、陸地の一部が海に沈んだ。

地形変動すら引き起こす衝撃にもかかわらずベアルは殆ど無傷だった。しかし――

「ぬ……ぐっ！」

漏れ出たのは苦悶の声。生まれて初めての自身の声にベアルは目を見開いた。

「……くくっ、信じ難いことだぞこれは」

ベアルは口元に歓喜の笑みを浮かべる。

魔界における生態系の頂点、支配階級である魔族。

それらを跪《ひざまず》かせる存在、王たるベアルは生まれながらにして最強の存在であった。

周囲の者は言うに及ばず、魔界全土においてすら比肩するモノなき圧倒的な力――しかし当の本人であるベアルは孤独と虚しさを感じていた。

――あらゆる命は他者と比べる為に生まれてくる。

同じ種で、世代で、場所で、敵で、仲間で、競技で、時には種族や時すらも超えて、生まれてから死ぬまで比べ続ける。

特に力こそ全てな魔界においては、よりそれは顕著と言える。

にもかかわらずベアルは余りに強大な力を持って生まれた為、自分がどれ程の強さなのか知ることすら出来なかったのである。

友もおらず、師もおらず、敵もおらず――そんなベアルはいつしか魔界の外に希望を見出した。

だが大陸を渡ったベアルは結局碌な使い手と出会うことなく、落胆のあまり眠りについたのである。

「……数千年の長きにわたり強敵を望んできたが、こんな形でまみえようとは思わなかったぞ。貴様の魔力、類いまれなる才に加え、想像を絶するであろう修練を重ねたのがよくわかる。脆弱極まる人間からこのような力の持ち主が生まれるとは驚嘆に値するぞ！　ふははははは！」

宙から降りてくるロイドを見て大笑いするベアル。

「ここまで余を楽しませたのは貴様が初めてだ。しかしそれだけの力、如何に貴様でも長くは続くまい。そろそろ限界が来るのではないか？　だが手加減はせぬぞ。最後まで余を楽しませ――」

「なぁ」

ベアルの言葉をロイドは遮る。

「どうでもいいけどさ、お前はいつ本気を出すんだ？」

小首を傾げるロイドの言葉にベアルはぎくりとした。

確かに、ベアルは意図的に力を抑えていた。

壁を思い切り殴れば拳が傷つくように、強大過ぎる力は一方で持ち主をも破壊する。

今まで一割以下しか力を解放してこなかったベアルがそんな事を意識したこともなかった。

しかし現在ベアルの力の解放率は七割、力を込めるたびに魔力体が軋《きし》み、崩れる兆候を見せている。

それ以上力を解放することの危険さを感じていた。生まれて、初めて。

「それを見抜いたというのか。余すら自覚していなかった事を、奴は……ふん、くだらぬ」

ベアルの顔から笑みが消える。

本気で戦いたいという願望を抱いて生きてきた己が、それを前にして尻込みしていたという事実は、ベアルにとってあまりに笑えないことだった。

自身への怒りがふつふつと沸き起こり、その身体を、心を燃やす。


「はあああ……！」


長い息を吐きながら抑えていた魔力を解放していく。

行き場に溢《あふ》れた魔力粒子が爆ぜ、バチバチと火花が散り躍る。

膨張していく魔力はその都度圧縮され、より高密度の魔力体となってベアルの身体を包み込んでいく。

そして、十分すぎる程の魔力が満ちた。


「かぁぁっ！」


裂帛の気合と共にベアルは力を解放する。

そこを中心にとてつもない暴風が吹き荒れ、地面が沈み、周囲の岩石は砕け散った。

――十割、完全なる力の解放によりベアルの表皮はひび割れ、所々に亀裂が生まれている。

天まで届くような爆発的魔力の奔流を纏うベアル、それを見下ろすロイドはへぇ、と小さく呟いた。

「……随分待たせてしまったなロイド、ここからが余の本気だ」

「うん」

ロイドが頷くのと同時に、ベアルの拳がその腹にめり込む。

砕けた魔力障壁の破片が宙に舞い、散り散りに消えていった。

◆

「はぁぁぁぁぁっ！」

咆哮を上げるベアル。その魔力が一気に膨れ上がる。

……なるほど、これがベアルの本気か。

その威圧感に大地は震え、岩山は崩れ落ち、雲も散り散りに霧散していく。

俺でも冷や汗が出る程の魔力量だな。総出力量は俺の十倍はあるだろうか。

「ゆくぞ――」

そう呟いた次の瞬間、ベアルの姿は消える。そして気づけば俺の眼前にて攻撃体勢を取っていた。

「はやっ！」

めきめきめき、と軋むような音が響いて、俺の腹部に衝撃が走る。

ベアルの一撃は俺の展開した魔力障壁・極の五枚重ねをも突き破り、俺のどてっぱら深くめり込んでいた。

そのまま俺は地平線真っ直ぐに吹っ飛ばされる。

直線状にある岩々を、触れるたびに粉々にしながら、俺は空中で体勢を立て直す。

「あの分厚い魔力障壁を軽々ぶっ壊しやがっただとぉ⁉」

「大丈夫でございますかロイド様っ⁉」

「……まぁな」

俺は普段、気と魔力を練り上げて周囲を薄く覆ってガードしている。

魔力障壁だけで防ぎ切れないと悟った俺はそれを一点に集中させ、防御したのだ。

心眼＋武身術の反応速度でも回避が間に合わず、ガードするのが精一杯だったぞ。とんでもない速度、そして威力である。

「——おい、まだ終わってはいないぞ？」

すぐ横から聞こえる声、ベアルが追いついてきたのだ。どうやら息つく暇すら与えるつもりはないらしい。

振りかぶったその手は凝縮された魔力により黒く輝いている。

がががががが！　と激しい音が鳴り響く。

俺もまた両拳に練り上げた気と魔力を集中させ、相殺させるが、その疾さと重さに耐え切れず、あっという間に捌き切れなくなった。

「う、腕が痺れてきた……」

「勝機！」

声を上げながらベアルが両腕を後方に構える。

そこへ自身の魔力を全て集めているのだ。

凄まじい密度の光が収束し、周囲の景色を塗り潰していく。黒く、黒く、黒く——

「とくと見よロイド！　これが余の全力！　そして全開だ！　喰らうがいい！　魔王黒極波ぁ！」

どおっ、と黒い閃光が迫り来る。

凄まじいまでの魔力圧が迫り来る。これがベアルの正真正銘の全力か。

「ややや、ヤベェですってロイド様！　こんなもんどうしようもねぇっすよ！」

「逃げましょう！　ここで逃げても恥ではありません！　それほどの相手だったということです！」

悲鳴を上げて逃げるよう声を出すグリモとジリエル。

しかし俺が回避すれば、辺りが更地になりかねん。……いや、下手をしたら大陸全て消し飛ぶ魔力量だ。

その上とてつもない魔力嵐の影響で、俺が展開している魔力障壁が自壊を始めている。

あれだけの魔力、そこにあるだけでも術式を乱す力の奔流を生み出しているのだ。

こんな状況では複雑な術式の構築は不可能だな。

仮に『虚空』で別次元に飲み込もうにも、発動した瞬間に術式を解かれて消滅してしまうだろう。

当然、ただ魔力を集中させた程度で防げるような威力ではない。——ふむ。

「なるほど、これは俺も本気を出す必要があるな」

「えええええええっ⁉」

「まだ本気じゃなかったんすかぁぁぁぁっ⁉」

二人が驚愕に声を上げる。

今の発言は正確じゃないな。俺は常に色々模索しながら戦っているから『本気が更新され続けている』と言うべきだったかもしれない。

術装魔力腕を纏ったこの状態は、俺自身まだ全然把握しきれていないしな。

だがそろそろ慣れてきたところだし、アレを試してみるか。

「■」

ベアルの放った黒い閃光に向け手をかざす。

と、そこに小さな光が生まれた。

周囲の景色を揺るがせながらも、光は一気に巨大化。ベアルへと放たれる。

「何の魔術か知らんが我の魔王黒極波には——」

ベアルが言いかけた瞬間、光は黒い閃光に触れ、それを消し去った。

光はそのままベアルへ迫る。

「何ぃぃぃぃぃっ⁉」

咆哮を上げながら、俺の放った光に飲み込まれていくベアル。

それは空に一筋の揺らぎを残し、そのうち見えなくなってしまった。

そしてようやく静寂が生まれる。俺の放った光で空には巨大な穴が空いていた。


「あのとてつもねぇ攻撃を、あっさり消滅させちまうとは凄まじすぎる光でしたぜ。……しかし気のせいっすかね。あの光、なーんか見覚えがあるような……」

「ええ、私でも知っているような、ありふれた魔術だったように思えます。いえ、そんなはずはないと思うのですが……」

俺はその通り、と頷く。

「あぁ、察しの通りあれは『火球』だよ」


ありったけの魔力を注いだ、という但し書きが付くが。

魔術を構成する術式の中には制限《リミッター》というものが存在する。

これは魔力を多く注ぎ過ぎて術者が廃人になったり、威力を上げ過ぎて環境を破壊したりするのを防ぐ為に設けられているものだ。

俺はそれを取っ払い、全力の魔力を込めて『火球』を放ったのである。

「いやいやいやいや！　制限なんてモンがあったんすか⁉　つーか今までのアレでまだ制限内だったと⁉　そもそも現状でも十分地形を破壊してやしたけどっ！」

「しかも下位魔術である『火球』ですらあの威力なら、より上位の魔術を使ったら世界が滅ぶのでは⁉　……くれぐれもお気をつけ下さいませロイド様」

んー、そう単純な話でもないんだよなぁ。

下位の魔術は術式の構造も単純だから完全に解析出来たが、上位の魔術は複雑すぎて俺でも完全解析は難しい。

以前は制限があることすらも分からなかったが、学園で得た知識や今までの経験などで、それが分かるようになったのである。

やはり魔術というのは奥が深いな。まだまだ学ぶことはたくさんあるぞ。

またいつか、上位魔術の術式解析にも挑戦してみたいものだな。うんうん。

「……くれぐれもお気を付け下さいませ。ロイド様」

「そうですぜ。マジにお願いしやすぜロイド様よぉ」

「わ、わかってるって」

何故か白い目を向けてくるグリモとジリエル。

いやいや、いくら俺でも上位魔術を制限解除してぶっ放すなんて、そんなことをするはずがないだろう。

全く、二人とも心配性である。……ま、仮にやるとしても、細心の注意を払ってやるから安心して欲しいものだ。


「う……」

ふと、上空からベアルのうめき声が聞こえた。

俺の『火球』で生まれた空の穴から、ボロボロのベアルがゆっくりと降りてくる。

「うおっ⁉ あのとんでもねぇ『火球』を受けて生きてやがるとは……」

「しかし魔力体を維持出来なくなっています。コニーが半分見えていますよ」

魔力体の部分は大きく欠け、残った部分も薄くなっており、中からコニーが覗いていた。

おっ、よかった。コニーは無事のようだ。

あの『火球』、コニーがダメージを負わないよう人体への被害を抑えられるよう術式を弄ったのだ。

神聖魔術の応用だな。とはいえ多少傷つくのもやむなしと思っていたが……ベアルが本体を守ってくれてよかったな。

「はぁ、はぁ、はぁ……」

息を荒らげながらゆっくりと地面に降り立つベアル。流石に戦う力は失っているようで、そのまま崩れ落ちる。

どうやらここまでのようだな。

俺もまた地面に降り立つ。ベアルは弱々しく、しかし未だ不敵な笑みを浮かべている。

「……ふっ、強いな貴様。余に勝てる人間が存在するとは夢にも思わなかったぞ」

「お前も強かったよ。いい勝負だった」

「あぁ……いや、違うな。余の完敗だ。まだまだ貴様は余力を残しているだろう」

そこまでわかるのか。やはりこいつは強いな。

「最後に教えろ。貴様は何故、そこまでデタラメな強さを得られた？　その魂の器を見れば、貴様が生まれた時より圧倒的な力を持っていたのは明白。にもかかわらず、そうあるほど弛まぬ努力を積み重ねられた理由は何だ？」

問いかけてくるベアルに俺は少し考えて答える。

「と言われても……俺は今まで努力したことなんてないけどなぁ」

「う、嘘をつけ！　単純魔力量はともかく、その鍛え上げられた魔力線、魔術知識は努力なしでは到底手に入れられるはずがないだろう！　人を超えたその力、並大抵の努力ではなかったはずだ！」

人を化け物扱いするのはやめて欲しいんだが。そう思いつつも俺は答える。

「本当だ。俺はただ好きなことを好きなようにやっていただけだよ」

実際、俺は今まで好奇心の赴くまま好きなようにやってきた。

「大好きな魔術を極める為に使えそうなものは片っ端から取り組んだ。それこそ魔術関連なら何でもかんでも——それが結果的に強さに結びついただけさ。別に強くなりたくて努力したことなど、一度もないぞ」

俺の答えにベアルは呆気《あっけ》に取られたような顔をした。

そしてすぐ、可笑《おか》しそうにくぐもった笑いを漏らす。

「くくっ、なるほど。ただの魔術好きか。力を、好敵手を追い求めた余と違い、ただ好きで研鑽《けんさん》を積み重ねてきたのだな。……勝てぬ訳だ」

何やらブツブツ言いながら、ベアルの姿はより薄くなっていく。最後に聞きたいことも聞いて力尽きたという所だろうか。

「……ふん、もう魔力が尽きてきた。我は消える。最後は……貴様の手で、殺せ……」

急速に失われていくベアルの魔力。

もはや身体を維持する力も残されておらず、その魔力体は崩壊を始めているのだ。

魔族と何度か戦った俺にはわかる。このまま放っておけば消滅するだろう。

俺はゆっくりとベアルに手を伸ばし――


「待って！」

声を上げたのはコニーだ。ベアルが弱まったからか、身体の主導権を取り戻したようだ。

「この子を……ベアルを消さないであげて」

真剣な眼差しで俺を見るコニー。

グリモとジリエルがひょいっと出てくる。

「おいおいおいおい、お前さん今まで身体乗っ取られてたんだろ？　なーにノンキなこと言ってんだよ！」

「その通り。かの魔王は世界を滅ぼすことすら厭《いと》わぬ危険な存在、生かしておくのは危険すぎる。何でもかんでも殺すなというのは、優しさとは言わないのだ！」

「……うん、わかってる。でも――ベアルの知識はすごいんだよ！」

二人の言葉に、コニーは目を輝かせて言った。

「身体を乗っ取られてた私はベアルの中で色々な知識に触れたの。例えば――海のどこかに存在するという大国『ガンダルシア』、世界に一体しか存在しない超獣『ジェイコブ』、創世から存在する神魔の子『ラダラフィア』、最初の魔術『原初原生』――ここでベアルを消したらそんな情報も手に入らなくなっちゃうよ。……それに」

コニーは少し考えた後、言葉を続ける。

「ほんの少しだけど一緒になってわかったけど、ベアルは寂しい子なのよ。圧倒的な力を持つが故に張り合う相手も対等に話せる相手もおらず、何千年も独りぼっちだった。ロイド君と戦っている間ずっと、ベアルは嬉しそうだったよ。最後の一撃を喰らっている間さえ、ずっと……私には想像もつかない孤独だったんだと思う。だから、ねぇロイド君、ベアルと友達になってあげられないかな？」

「ともだちぃぃぃっ⁉」

グリモとジリエル、そしてベアルまでもが大きな声を上げた。

「いやいやいやいやいや！　友達ってアンタ、ベアルは魔王なんだぜ⁉　人間と仲良くなんて出来るわけねーだろがよ！」

「ロイド様の下僕となった魔人が何か言っておりますが……いえ、私も同意見です。我々と魔王はあまりに存在が違いすぎる！」

「余を友に、だとぉ……⁉　ふ、ふざけるのも大概にしろ！　ありえん！　天地がひっくり返ってもありえん話だ！」

大反対するグリモとジリエル。ベアルはそれに加えて動揺を見せている。

死にかけてたんじゃなかったのか。意外と余裕あるな。

コニーはそんな三人の言葉に、首を横に振る。

「ふざけてないよ。私たちはきっと友達になれる。だって――」

「――うん」

頷く俺に三人は驚愕に目を見開いた。

「奇遇だなコニー、実は俺もそのつもりだったんだよ。ベアルは魔王、間違いなく危険な存在だ。しかし強者を求めるその好奇心は俺にも理解できる。さっき手を伸ばしたのも殺そうとしたわけじゃなく、お前を助けようとしたのさ」

そう言って、ベアルに魔力を注ぐ。

……うん、これで少しは回復したかな。

しかしベアルは驚きのあまり、動揺しているように見える。

「余の気持ちがわかる、だと……？　し、知ったような口を……！」

「わかるさ。俺自身戦いにそこまでの興味はないが、その為に世界を飛び回り、時代をも超えて待ち続け、何千年もの孤独に耐える……それは余程好きでなければ不可能だろう。その熱意は俺の魔術好きと通じるものがある」

俺だって魔術に使えそうなことがあれば西へ東へ、どこへでも行くからな。気持ちはわかるぞベアル。うんうん。

「言われてみりゃあ確かにだ。興味の対象が『強者』と『魔術』っつー違いくれぇで、ロイド様と似たようなもんかもしれねぇぜ」

「ええ、迷惑度はともかくとして、ですが。そう考えたら二人は友にもなり得るやもしれませんね」

「うんうん、ベアルとロイド君はそっくりだよ」

グリモとジリエルも納得し、コニーはどこか嬉しそうだ。

コニーも自分の身体を乗っ取られておきながら、知識欲の為にベアルを生かそうとする辺り、人のことは言えないと思うのだが……ともかくである。

「だからベアル、俺と友達にならないか？」

「余を……友に、だと……？　余は……余は魔界の王、世界すらも滅ぼす力を持っているのだぞ⁉　今回は貴様に負けたが、力を磨き上げれば次は余が勝つ！　その時は今度こそ

世界が滅ぶかもしれんのだぞ⁉　それでも余と友になろうと言うのか⁉」

「本当に滅ぼそうとしている奴はそんなこと言わないよ。それにもしそうなっても、また俺が勝てばいいだけの話だ」

「……っ！」

言葉を飲み込むベアルの手を、俺は半ば無理矢理に握った。

「な、いいだろ？」

「〜〜〜〜〜〜ッッか……勝手にするがいいっ！」

そう言って、ベアルはコニーの中に引っ込んでしまった。

突然どうしたのだろうか。よく分からないが、勝手にしろと言うことは承諾したと取っていいんだろうな。

「やれやれロイド様、マジに魔王が友達になっちまいやしたね」

「しかしいきなり逃げ出すとは無礼極まりますな。何を考えているのでしょうか」

「呼んでるけど私の中から出てこようとしないわ。ふふっ、なんだか照れてるみたい」

くすくすと笑うコニーの胸元には、黒いアザのようなものが出来ている。

どうやらコニーの身体に居ついたようだな。俺とグリモ、ジリエルみたいなもんか。

「ありがとうロイド君。その、ベアルを消さないでくれて」

「気にするなコニー。俺にも利があることだからな」

コニーの言う通り、ベアルの知識はとても使える。

更に言えば、ベアルは俺が思いっきり撃った魔術に耐えるような強さだ。

魔術の実験相手として、これ以上の適任はいないと言っていいだろう。

そんなベアルを多少危険だからと言って、消すはずがないじゃないか。

ともあれ、これからも仲良くしていきたいものである。うんうん。

◇

流麗な舞踏曲が流れる中、着飾った生徒たちがダンスフロアで踊っていた。

くるり、くるりと回転をするたびに色とりどりのスカートが花を咲かせ、長い髪は宙を踊る。

その中心で踊るのは俺とコニーだ。

――あの後、こっそり学園に戻った俺たちは大騒ぎしている皆に出迎えられた。

皆によると急に天変地異が巻き起こり、世界が終わる日が来たと思った者もいたらしい。

もしかして俺とベアルの戦いの影響だろうか。結構派手にドンパチやったからな。

「もしかしてもクソも、派手とかそういうレベルを超えてやしたからね。あの戦いはよ。まさに空は轟き大地は裂けってやつでさ。彼らが世界の終焉《しゅうえん》を連想するのも無理はねぇ話ですぜ」

「えぇ、天界に伝わる黙示録ですらあそこまでではないでしょう。むしろ世界の終わり以上でございました。何せ我々もあまりの凄さに記憶が断片的にしかございませんので」

などとグリモとジリエルは言っていたが……いやいや、いくらなんでも大げさである。

ともかくしばらくすると空の様子も落ち着いて皆も安心したのか、ダンスパーティーをやり直そうということになったのだ。

そして今に至るわけなのだが……さっきの戦いで皆が踊りが苦手だったのを完全に失念していた俺は、制御系統魔術を使って皆に踊りをトレースし忘れていたのだ。

おかげで皆は審査でどんどん落とされていき、気づけば俺たちが中心になっていた、というわけである。

「なんか、目立っちゃったねロイド君。こういうの好きじゃないんでしょ？」

「ん？　まぁいいさ。このくらいは」

確かに目立つのは面倒だったが、もはや状況が状況だ。

さっきまで世界の破滅がどうこう言っていたにもかかわらずダンスパーティーを始めたのは恐らく頭の整理がつかないからだろうし、そんな状況でダンスの上手い下手なんて気にする奴はいないだろうしな。

実際、審査員を含めて皆どこか心ここに在らず、といった顔をしているしな。

「それよりコニー、そんなにダンス上手かったっけ？」

一緒に踊るコニーの所作全てが、前よりもかなり堂に入《い》っているように思える。

というかアルベルトの動きをトレースしている俺がリードされる程だ。

「あぁ、シェラハさんから力を借りてるの」

シェラハというと、魔軍四天王のあいつか。やたら踊りが上手かった奴だ。

「魔軍四天王は余から分かたれた分身のような存在、このくらい造作もないことよ」

コニーの胸元でベアルがふふんと鼻を鳴らす。

「ありがとね。ベアル」

「勘違いするなよ。貴様の不出来で余が軽んじられるのが我慢ならぬだけだ」

礼を言うコニーにベアルは照れ臭そうに答える。

なんだ、意外と仲良くしているじゃないか。

危険ではないかと思っていたが、そこまで心配はいらなそうだ。

そうこうしているうちに曲は終わり、優勝ペアが発表された。というかまぁ、俺たちなんだけど。

万雷の拍手を浴びながら、アルベルト、ビルギットからトロフィーを受け取る。

「見事なダンスだったよ二人とも。皆も感動しているようだ。もちろん僕もね」

感極まった様子のアルベルト。見れば客席からは啜《すす》り泣く声が聞こえており、シルファなどは号泣している。

どうやら皆、シェラハのダンスにやられてしまったようだ。

呆然《ぼうぜん》としていたのはコニーの踊りに感動しすぎていたからだったのかもしれない。うーむ、もしかしたら想定以上に目立ち過ぎたかもしれない。

「うんうん、ホンマ大したモンや。ウチも驚いたで。……ところでアンタら、ウチの広報タレントにならへんか？　お小遣いはよーさん弾むで？」

「ビルギット姉上……？」

言いかけるビルギットを、アルベルトが止める。

口元はともかく目は笑ってないアルベルトを見て、ビルギットはパタパタと手を振って返す。

「なんやもー、冗談やんか。そないマジな顔せんといてや」

「いやいや、絶対本気だったですよね？　そちらこそマジな顔でしたよね？」

「……ま、ちょこっとだけな。せやかてアルベルトも今の二人の踊り、見たやろ？　まさに妖精が舞うが如く、っちゅーやつや。世界中の美を堪能してきたウチでさえも感嘆の息が漏れるほどの芸術的舞踏……上手く使えば世界を制することも可能やで」

「まぁビルギット姉上が食いつく理由も分かります。姉上の手腕を以てロイドを世に送り出せば、その名と顔が世界に知れ渡るのに時間はかからないでしょう。しかしロイドの器はこんなものではありません。タレント活動もまた良いですが、ロイドにはもっともっと多くの世界を見て回らせ、大きく育てようと思っています。ですから今回はどうかご遠慮下さい」

「……ふむ、アルベルトの言葉も一理ある、か。確かに、ロイドの器はウチですら底が知れへん。よっしゃ、今回はアルベルトに預けたるわ。色んなものを見せて、感じて、学ばせて——そうしてロイドを一人前の男に育て上げるんや。それがアンタの、兄としての役目やさかいな。任せたで？」

「言わずもがなですとも。ビルギット姉上」

二人は何やらブツブツ言ってるが、俺としてはようやく平和な学園生活に戻れそうで安堵していた。

最近は学園祭やら何やらで、授業も碌に忙しくてやってなかったからなぁ。

折角のウィリアム学園だ。もっともっと学びたいことはたくさんある。

さぁようやく学園祭も終わったし、明日からは魔術を学びまくるぞーっ。

◇

「えええええっ⁉　卒業ぉぉぉ————っ⁉」

俺の絶叫が辺りに響く。

「なんでですかっ⁉　ようやくこれから楽しくなってくるところだったのに」

「なんでって……もうここで学ぶことあらへんやろ」

ビルギットがため息を吐きながら言う。

「学園で最も優秀な生徒が集まる魔術科でも、アンタの実力は圧倒的やゆーて色んな所で聞いとるで？　どの教師ももはや教えることはない。いや、むしろ我々にご教授願いたいとゆーとるくらいや」

「そ、そんなことは……」

まぁ、なきにしもあらずと言ってもいいかもしれないが。

いやしかし、それは単純な魔術の能力に関しての話だ。

個人の資質などにより持ち得る、癖に近いような魔力、術式の使い方などはまだまだわかっていない。

全生徒、講師分くらいは確認しておきたいところだ。

それに学園の蔵書だってまだ三割くらいしか読んでないのに、こんなに早く帰らなければいけないなんてあんまりである。

「コラコラ、あまり我儘《わがまま》を言うもんやないでロイド。元々アルベルトの勉強のついでだったのを忘れたんかい」

「は、はい……」

勿論そんなこと、憶えているはずがない。

そういえば学園祭の少し前にアルベルトの勉強が終わったとかどうとか言ってた気がする。

もっとゆっくりしてくれればよかったのに。優秀な兄を持つのも考え物だな。

俺がむすっとしているのを見たアルベルトが、俺の頭にポンと手を載せてくる。

「ははは、ごめんなロイド。あまり城を留守にするのも心配だったからね。僕も本気を出してしまったよ」

「むぅ、そういうことなら仕方ありませんが……」

確かにあまりこっちに居すぎて、サルームをおざなりにするのも問題だ。

城に居た頃は基本的にアルベルトが色々仕切っていたからな。ディアンたちが代わりにやっているとはいえ、結構心配かもしれない。

城が荒れたら俺の生活にも支障が出るだろうし、そうなることを考えたら早めに戻った方がいいのかもしれない。……でもなぁ。しかしなぁ。

「全く、何をぐずぐず言ってるんですか。ロイド君。魔術科首席ともあろう者がらしくありませんよ」

「そうだぜ。兄貴の言うことは聞いとくもんだ」

後ろ髪を引かれまくっている俺の肩を叩いたのは、ノアとガゼルだ。

「寂しいと言ってくれるならまた来てくれればいい。それだけの話でしょう」

「いつでも歓迎するぜ。なぁみんな」

ガゼルの視線の先、窓の向こうには学園の生徒たちが俺たちに手を振っていた。

「アルベルトさまぁーっ！　もういなくなっちゃうなんて、寂しいですーっ！」

「シルファくーん！　まだ私は負けたわけではないぞー！　勝ち逃げは許さんからなーっ！」

「レンさーん！　あなたとの学園生活はとても刺激的でしたわー！　いつかまた会いましょうねー！」

アルベルトたちとの別れを惜しむ声が、惜しみなく浴びせられている。

声をかけているのは学園でも有名な生徒ばかりだな。

三人とも、それほど注目を浴びていたのだろう。

やれやれ、全く以って誇らしいことである。

「なーに言ってんすか。ロイド様だって負けてねーですぜ」

「そうですとも。むしろその声自体はロイド様が最も多いくらいです」

グリモとジリエルの言う通り、確かにチラホラと俺への声も混じっているようだ。

「ロイドくーん！　また一緒に遊ぼうねー！」

「君と共に学べたことを、一生の自慢にするよー！」

「元気でね！　ロイドーっ！」

ベンにエドガー、サシャにポール、ミハエル、リュシカ、クードラシア……そういえば魔術科だけでなく、他の科の生徒たちにも率先して絡みにいったっけ。

世界中から優秀な生徒が集められているんだから、それらの知識、技術を聞かないのは勿体《もったい》無いからな。一応全生徒と少しずつくらいは話しているのだ。

あらゆるものは魔術の糧となる。……正直未だ話し足りないことが沢山あるんだけどな。

「ふっ、大したやっちゃでロイドの奴。アルベルトたちへの別れの言葉はあくまでも本人の能力によるものやけど、ロイドへのそれは単純に友情によるものや。長年人との繋がりを見てきたけど、利害関係のない友情というのは能力を利用し合う関係より遥かに強い……！　この学園で一番成果を得たのはロイドかもしれへんな」

「恐らくウィリアム＝ボルドーがこの学園で魔術師以外の才能を集めたのも、各科の生徒たちが生み出す相乗効果を狙ったに違いありません。ロイドはそこまで気づいて、他の科の者たちと仲良くしていたのでしょう。我々はそこまでは気づかなかった……本当に大したものだ」

アルベルトとビルギットが何やらブツブツ言ってるが、こんな大勢に見送られてはこっそり残るのも無理である。

……仕方ない。ここは諦めて戻るしかないようだ。

だが俺は必ず戻ってくる。その時までの辛抱だと思うとしよう。

俺はそう誓いながらも、渋々帰り支度を始めるのだった。

◇

そしてサルームに戻って数日が経った。

ディアンらによる内政はいっぱいいっぱいだったようで、アルベルトが帰ってくるなり泣きつく程だった。

その後あっという間に内政を立て直したアルベルトは流石と言ったところか。

ビルギット曰く、学園で学んだ成果も少しはあったようやな——とのことだ。

ともあれアルベルトの成長に満足したビルギットは、しばしサルームに滞在した後またどこかへ旅立ってしまった。

世界を股に掛ける大商人というのも大変だな。まぁ本人はこんな楽しいことはない、と言っていたけれども。

そして俺の方もいつもの平穏な生活が戻ってきた。

いや、一つ変わったことがあるか。それは――

「ロイド様、お茶が入りましたよ」

読書中の俺の横に静かにお茶が置かれる。

傍らに立っているのはメイド姿のコニーだ。

「ありがとう。……でもいつものように呼んでくれて構わないよ」

「そうはいきませんわ。だって私はロイド様のメイドですもの。ふふっ」

くすくすと微笑むコニー。その胸元で黒いアザもまた楽しげにしているように見える。

――そう、魔王《ベアル》を宿したコニーをそのままにしておくのは危険すぎるということで、俺の近くで面倒を見ることになったのである。

つまりはまぁ、レンの時と同様俺の専属メイドとなったというわけだ。

「ふむ、それにしてもやりますねコニーは。こんなに早く私の教えをマスターしたものはいませんよ」

「コニーは魔宿体質だからなぁ」

更に言えばベアルの力も加わっているし、これくらいできても不思議ではない。

「ボクなんてシルファさんからお墨付きを貰うのに何ヵ月もかかったのに……はぁ、折角

後輩が出来たのに、あっという間に追い抜かれそうだよ……」

「レンはよくやっています。とはいえお墨付きはまだ（仮）ですよ」

「ええっ⁉　そうなのっ⁉」

ショックを受けるレンだが、シルファはめちゃめちゃ厳しいのだ。俺も中々剣術訓練で合格を貰えないくらいだからな。

そんなことを考えていると、城の鐘がゴーン、ゴーンと鳴り響く。

と、その瞬間にコニーは作業の手を止めた。

「じゃ、お疲れ様でした。シルファさん。レンさん。ロイド君」

さっさと俺の部屋を出て行くコニー。

その口調は本来のものに戻っている。

コニーは仕事とプライベートをはっきり分ける性格のようで、契約時間が終わると自室に戻ってしまうのだ。

その後ろ姿を見ながら、シルファはため息を吐く。

「しかし……能力面はともかく、あまりやる気を感じさせない行動なのは確かです。周りの評価はあまり良くありませんね。時間内は問題なく働くので、私としては問題ありませんが」

「仕事が終わるとすぐ帰っちゃうよねぇ。部屋に籠もって魔道具作ってるみたいだし」

「……いいんじゃないか？」

残念がる二人の横で、俺はボソッと呟く。

「メイド仕事ばかりだとどうしてもダレるしな。自分の時間を持つことも大事だと思うぞ」

人間というのはずっと同じことをしていると飽きて集中力が落ちてくるものだ。

仕事とプライベート、しっかり分けることでコニーは高いモチベーションを維持しているのだろう。

俺だって基本は常に魔術の研究に取り組んでいるが、厳密には時々ジャンルを変えているからな。

魔力操作、術式解析、構造理解、知識収集……他にも色々だ。

「……素晴らしいですロイド様。周囲の声というのはどうしても気になるもの。しかしそれを気にせず、能力のみで評価出来るというのは中々出来ることではありません。その器の大きさ、流石としか言いようがありません。このシルファ、感服致しました」

「そういえば最近のボクはメイド仕事にかまけて、能力の開発を怠っていたかも……ロイドはそれを見抜いて、コニーのように能力を磨けって言っているんだ……！　はぁ、もうなんでもお見通しか。そうだよね。ボクにはボクにしか出来ないことがあるんだから、そこで勝負しないと！」

シルファとレンは何やらブツブツ言っているが……二人にはもう少し自分の時間を持って貰いたいと思っていたのだ。

そういう意味でも自由なコニーを近くに置いたのは正解だったかもしれない。

俺だってもう少し自由が欲しいのである。

「何言ってんすか。ロイド様ほど自由な人間もこの世にいねーと思いやすぜ」

「そうですとも。我々《天使と魔人》を使い魔としているだけでもアレなのに、魔王までも友人にしてしまうなど、およそ人の範疇《はんちゅう》を超え過ぎております」

グリモとジリエルが俺を呆れたような目で見てくるが、別にそんなことないと思うけどなぁ。

むしろ不自由で大変なのに。不本意さをつぶさに感じていると、頭の中に声が響く。

「おいロイド、余と勝負するがいい。今度こそ叩きのめしてやろうではないか」

「あぁ、構わないよ。ちょうど試したい魔術があったし。じゃあいつも通り、最果ての地でいいか？」

「うむ、では夜にな。忘れるでないぞ」

ベアルからの念話を返しながら、俺はため息を吐く。

やれやれ、最果ての地は遠いんだよなぁ。ベアルとの戦いだってそこそこ時間がかかるし、また睡眠時間が削られてしまうじゃないか。

禁書や何やらも持って帰ったから読書時間も足りないし、全く我ながら最近忙し過ぎだぞ。

「……ま、そんな不自由さも慣れれば楽しいんだけどな」

俺はそう呟いて、またいつもの日常へと戻るのだった。

書き下ろし　枷《シルファ》がなかった頃のロイドの話。

サルーム王国第七王子に転生した俺は、兄や父王たちに好きに生きろと言われるがまま、好き放題やっていた。

だがこれだけの才を持って転生した俺が思う存分魔術の研究をするにはある程度の場所が必要である。

赤子の頃は本を読むだけでも十分だったが、成長し魔力も増せば出来ることも増えてくる。試したいこともどんどんだ。

そこで作ったのがこの地下研究室だ。

ここでは場所を取るゴーレム作りや錬金術、その他諸々の研究を行っている。

しかしここもそろそろ手狭になってきたことで、更なる計画を実行に移そうとしているのだ。

——その名も世界大トンネル計画。

言葉の通り、地下に長い長いトンネルを作り、アリの巣のように世界中に広げて各地の様々な情報を手に入れようという計画だ。

世界にはまだ俺の知らぬ未知の魔術が沢山存在する。

作り上げたトンネルに今まで作った大量のゴーレムを放ち、調査や発掘を行うことで手に入れた貴重な情報やレアな素材をここに運んでくるというまさに世界規模の計画なのだ。

これにより俺はわざわざ自らの手を下すことなく、ありとあらゆる情報や資源を手に入れられるというわけである。

うーむ、我ながら見事な作戦。

というわけで、まずは適当に穴を空けて行こうかな。

「■■■」

呪文束により繰り出すのは風系統魔術『裂空嵐牙』――その集中型だ。

風の刃《やいば》が束となって地面を掘り進み、直径十メートル程の空洞が俺の眼前に生まれていく。

なお削ったことで出来た土塊は土系統魔術で圧縮して壁に戻し、崩れないように補強。

こうしてトンネルの硬度を確保しつつ、真っ直ぐ掘り進めていく。

かるやら。

……だが意外と遅いな。馬が走る程度のスピードである。

威力を求めたわけじゃないから仕方ないが、これでは大陸の端まで届くまでどれだけ掛
「掘り終わるまで研究室で待ってようかな……む？」

掘り進む音が消えた。

その代わりにドドドドド、と地鳴りのような音が聞こえてくる。

トンネルの奥から現れたのは、夥《おびただ》しい量の水だった。

おいおい、地下水脈でも掘り当てたか？　ちょっと適当に撃ちすぎたかな。反省反省。

「なんて言ってる場合じゃないか」

このままでは研究室が飲み込まれてしまう。それは困る。防がねば。

手をかざし、魔力障壁を展開。水を堰《せ》き止《と》める。

ふむ、結構な圧力がかかっているな。大きな水脈を掘り当てたらしい。

「やれやれ、まずはこいつをどうにかしないとな」

このままではトンネル工事どころではないだろう。

水を押し戻して空いた穴に蓋をする——そうしようとして、ふと気づく。

どんどん！　と魔力障壁を叩《たた》く音に。

「んん？　なんだぁ？」

障壁の向こう側から何か、巨大な蛇のようなものが体当たりを仕掛けている。

青銀の鱗《うろこ》に鋭い牙、真っ赤な瞳で俺を睨《にら》み付けている。

どうやら魔物のようだが……


「何か、喋《しゃべ》ってる？」

俺を睨み付けながら口をパクパクしている。何か叫んでいるかのようだ。

一部の例外を除き、基本的に魔物が人語を喋ることはない。

喋るとしても大抵は人型、こんな蛇みたいなのが人語を解するということはちょっと変わった魔物なのかもしれない。

……面白い。俺はパチンと指を弾き、魔力障壁を一部解除した。

すると魔物は空いた穴からこちら側に首を出し、声を上げた。

「我が名は海獣リヴァイア、水を司《つかさど》る神なり！」

いや、神って……魔物だろどう見ても。

たまにいるんだよなこういう奴が。

ちょっと強い力を持っていたから周囲の人間たちから信奉され、自分を神だと勘違いしてしまうのだ。

やれやれ、折角レアな魔物かと思ったがただの痛い奴のようである。

「何を呆《ほう》けた顔をしている！　おいニンゲン！　貴様がこの穴を空けたのか！」

「うん、それがどうかしたか？」

「どうかしたか？　ではないわァ！　貴様のせいで我らが住まう地底湖に穴が空いてしまったではないか！　おかげで住めなくなってしまったぞ！　どうしてくれる！」

地底湖……そういうのもあるのか。

恐らくトンネルを掘っている際に地盤が崩れ、そこから水が流出してしまったのだろう。

いやー、地下だから周りの被害とか考えなくてもいいかと思って適当に撃ったが、まさか魔物が住んでいるとは思わなかった。

悪いことをしちゃったな。

「ごめんごめん。どうにかするから許してくれ」

「どうにかするだと⁉　これほどの被害、矮小《わいしょう》なニンゲン如きにどうこうできるものではあるまい！　神である我でもどうにでもならんのだぞ！」

「じゃあ神じゃないんじゃ……」

「ん？　何か言ったか？」

やれやれ、耳が悪いのだろうか。

ま、一応悪いのは俺なんだし、ここは素直に謝っておくか。

「本当にどうにかするからさ。勘弁してくれよ」

「貴様……！　どこまでも我をコケにしおって！　我が住処を破壊し、更には言い逃れをしようとした罪、その命をもって償うがいい！」

咆哮《ほうこう》と共に大きな水弾を生成するリヴァイア。

どうやら俺に攻撃を仕掛けるつもりのようだ。

「死ねぃ！」

繰り出される水弾を、俺は指先を軽く動かして止めた。

ぴたり、と俺の眼前に浮かぶ水の塊を前に、リヴァイアは目を丸くする。

俺は勢いの死んだ水をひとまとめにして、頭上に集めていく。

「な……我が水弾を自在に操っているだと……？　貴様、魔術師か……！」

ていうかこのくらい、魔術を使うまでもないんだけどな。

大気中に存在する微量な魔力で水を包めば、それだけで自在に操ることは可能。

まぁ魔術でどうにかすることも全然できるが、そうしない理由はただ一つ。

「――貴重な水を消してしまったら、地底湖に戻す分が減っちゃうだろ」

例えば、火球なんか撃ったらここの水が全部蒸発してしまうからな。

新しく水を生み出してもそこにいた生物は元には戻らない。だからこれをそのまま戻す為に魔力を使って止めたのである。

「じゃ、ちょっと我慢してろよ」

そう言って、持ち上げた手を前へ。

トンネルを塞いでいた魔力障壁を一気に後方へと動かしていく。

「な――ぐおおおおおおっ⁉」

ごうごうと逆流していく水に俺もついて行く。

そうしてしばらく進んでいくと……見つけた。

天井に空いた大きな穴、あそこから水が溢《あふ》れていたようだな。

魔力障壁でリヴァイアごと水を押し上げ、蓋をする。

中は透き通ったきれいな水で、エビや魚が水流に巻き込まれグルグル回っていた。

「おっ、生態系は無事みたいだな。よかったよかった」

生物もまた世界の一部、何かしら魔術の手がかりになる可能性もなくはない。

だから俺は出来る限り環境破壊は慎むようにしている。……本当だ。いや真面目に。

時々やりすぎることがあるのは認めるが、被害を最小限にする努力くらいはしているのである。

「今度は崩れないように……と」

ついでに俺も共に水中へ入り、土系統魔術により壁の補強を行う。

……うん、こんな感じかな。これなら大丈夫だろう。

水面に上がるとリヴァイアが呆然《ぼうぜん》としている。

「どうだ？　ちゃんと元通りになっただろ？」

「な、なんと……我が地底湖が元の通りに……！　信じられん！　あなた様はもしや真なる神でいらっしゃられるのですか⁉」

……いや、全然違うんだけど。

この蛇、さっきと態度が違い過ぎるぞ。

ていうか自分のことを神とか言ってたのはもういいのかよ。


「その膨大なる魔力……間違いない！　皆の者、かの神を称えるのだ！」

「ウオッ！　ウオッ！　ウオウオウオウ～～ッ！」

リヴァイアの声と共に、陸地にいた沢山の半魚人たちが歓声を上げる。

なるほど、ここは魔物の集落。

そしてリヴァイアはこいつらに崇められ、神を名乗っていたのだな。

「神よ、どうか我らをお供にして頂けませんか⁉」

「お供……か」

キラキラと目を輝かせるリヴァイアたちを見て、ふむと頷《うなず》く。

もしかしてこいつら、『使える』んじゃないだろうか。

俺は地下の情報に疎い。

さっきみたいに掘り抜いてしまうこともあるだろう。

資源が必要なことからゴーレムを作れる数は限られている。魔物たちに働いて貰《もら》えば計画もっと進むはずだ。

世界大トンネル計画を進めるにあたって、協力者は多い方がいい、か。

「よし、リヴァイア！　俺の下《もと》で働いてくれるか？」

「ははぁっ！　我らが眷属《けんぞく》共々、あなた様に従います！」

「ウオッ！　ウオッ！　ウオウオウオウオウ～ッ！」

こうして世界大トンネル計画は思いもよらぬ方向に進み始めたのである。

◇

「さて、次はどの方向を掘るべきかな」

「それでしたらこれを使うのは如何《いかが》でしょう？　おい」

「ウオッ！」

リヴァイアが半魚人たちに持って来させたのは一枚の紙。

「この辺りの地図でございます。道を作る参考になりますよ」

「へー、便利なものがあるんだな」

リヴァイアから貰った地図には至る所に魔物の集落が存在していると記されていた。

ていうか今あるトンネルと今にも接触しそうな所が幾つもある。

「魔物は定期的に地下に集落を作りますからな。貴方様のトンネルもそのうち利用されるかもしれません」

「……そいつはマズいな」

このトンネルはサルーム城と直接繋《つな》がっている。

俺が掘った穴に魔物が住み着き、城の内部に溢れ出すようになったらまさしく国の危機だ。

そうなったらおちおち魔術の研究も出来やしない。

「おや、言葉とは真逆に嬉《うれ》しそうですな」

「ふふふ、バレたか」

勿論《もちろん》、こいつらを全部従えれば問題ない話である。

むしろこれだけ魔物の集落があるということは、それだけ多くの魔物を従えられるということ。

俺の世界大トンネル計画も加速するというものだ。

「リヴァイア、この中で一番大きな集落はどこだ？」

「それでしたら東『下』に数キロ掘り進んだ所にいる、炎獣ボルケーノの縄張りでしょうな。我らとは対立関係にあり、自らを神と名乗るという不届き極まる輩《やから》！　ロイド様、奴らに鉄槌《てっつい》を下してやりましょう！」

「お前も自分のことを神とか言っていたけどな……」

「何か言いましたかな？」

「いや別に。まぁいいや。とりあえずそいつに会いに行ってみるか。――■■■」

放つは調整済みの『烈空嵐牙』。

風の刃が地面を削り、大穴を空けていく。

「おおっ！　なんという威力……！　この硬い岩盤を豆腐の如くくり抜いていくとは……流石は神！」

「ウオッ！　ウオッ！　トウフオオオ～～～ッ！」

「ていうかお前ら、豆腐知ってたのか……」

「それはもうハイ、地上の動きは我らも多少存じております故」

そういえば地上にも魔物は現れるもんなぁ。冒険者たちから色々情報を仕入れているのかもしれない。

ま、どうでもいいけど……おっ、手応えあり。

ドドドドド！　と何かがせり上がってくる音が聞こえてくる。

「また地下水か？」

「いえ、これは……」

真っ暗な穴の中から噴き出してきたのは炎の塊、溶岩だ。

「ボルケーノの住まう地は溶岩の海なのです！　そこを貫いたのでしょう！　お気をつけ下さいませ！」

と言われても炎も水も俺にとっては大差ない。

魔力障壁を展開し、ガードする。さて、押し返すとするか。

ぐぐぐ、と押し戻そうとしてまた何か障壁を叩く音が聞こえてきた。

溶岩の中に蠢《うごめ》く影。こいつがボルケーノとやらのようだ。

障壁の一部に穴を空けると、やはり首だけ出して叫び声を上げてくる。

「我が名は炎を司る神ボルケーノ！　我が領内に攻撃を撃ち込んできた不届き者は貴様か

ァ!?　我の炎浴場に穴が空いたではないか！　どうしてくれる！」

虎っぽい獣が吠《ほ》える。

……なんかリヴァイアの時と似たような感じだなぁ。

ていうか炎浴場って何だ？　風呂みたいなものだと考えていればいいのだろうか。

「むっ！　貴様はリヴァイア！　……そうか、ニンゲンを使い、ここに攻めてきたのだな！　丁度いい、貴様との決着をつけねばと思っていたところよ！」

「ふっ、この方はただのニンゲンではない。神だ！　その力存分に思い知るがいい！」

俺を放置して勝手に盛り上がる二人。

そういえばこいつら、対立関係だかなんだかって言ってたっけ。

「ふざけるなリヴァイア！　貴様とて我と神の名を競い合った仲だろう！　ニンゲンの子供を神と呼ぶなどとうとう血迷ったようだな！　もはや遠慮は無用、今日こそ決着をつけてくれる！　うおおおおお！」

ボルケーノの周囲に浮かぶ巨大な火球。

だがそれは風船が萎《しぼ》むように小さくなり、消滅する。

俺がそうしたのだ。

「な……ば、バカな！　我が炎を消してしまうとは……貴様一体何をした⁉」

「何って、フツーに消しただけだけど」

これまた魔術ですらない。

指先から打ち出した魔力の礫《つぶて》が火球の核部分を崩壊せしめたのだ。

水系統魔術などで消すことも出来たが水蒸気が出て鬱陶しいしな。


「なんでもいいけど、その炎浴場とやらまで行くぞ」

「一体何を……ブゴォォォッ⁉」

ぐい、と障壁を押し、溶岩流を一気に戻していく。

黒焦げのトンネルを通り抜け、出た先は煮えたぎる溶岩の池であった。

おお、フロア中が真っ赤だな。全身魔力障壁でガードしてるがちょっと蒸し熱い程だ。

とりあえず穴が空いた箇所も土系統魔術で塞いで……と。


「よし、これで元通りになったはずだぞ」

「おー！」「おー！」「おー！」

溶岩の中から飛び出してくるのは火の玉のような魔物、サラマンダー。

元気いっぱいに飛び跳ねている。溶岩が戻ったのを喜んでいるようだ。

「馬鹿な！　本当に漏れ出た溶岩が戻っている……貴様、何者……？」

「神だと言っておるだろう。さぁボルケーノ、お主も我が神に忠誠を誓うがいい！」

水の膜を張って俺の横に浮かぶリヴァイアがのけぞりながら言う。

いや、なんでお前が偉そうなんだよ。

「ぐっ……先刻の獄炎球は我が最強の攻撃……あれをあっさり消された以上、勝ち目はないか。それに溢れた溶岩を元に戻し、あまつさえ空いた穴まで遠隔で塞ぐとは、神でなければ出来ぬ御業！　感服仕《つかまつ》った。このボルケーノ、貴方様に忠誠を誓おう」

「あー、うんうんオッケー。これからよろしく」

「ははぁッ！」

「おー！」「おー！」「おー！」

サラマンダーたちもぴょんぴょん飛び跳ねている。

何はともあれ新たなお供ゲットだな。

これでまた探索範囲も広がる。この調子でどんどんお供を増やしていくぞ。

「さーて次はどこを狙うかなぁ」

「実はここから南『上』に、我らと敵対する集落がありまして……」

「よし、そこに行ってみるか」

ボルケーノの言う通り、俺はそこへとトンネルを掘り始めるのだった。

◇

こうして手当たり次第に魔物の集落を襲……じゃなく訪れて、次々と魔物を従えていく。

気づけばその数は十を超えており、主が十、配下の数は一万を超えていた。

俺の計画を始動するには十分な数……そのはずだったのだが。

「おい！　我こそ神の一番の下僕なるぞ！　お主ら少し図々しいのではないか⁉」

「何を！　我より神を敬愛する者などおりはすまい！　お主こそ弁《わきま》えろ！」

「はぁー⁉　我の方が神を愛してますけどー？」

「過ごした時間こそ少なかれど、我とて神への忠誠心は汝《なんじ》らに負けはせぬ」

「俺も俺も」

「僕も僕も」

「ワシもワシも」

……うーん、カオスになってきたぞ。

とりあえず話を聞くままにお供を作りまくったはいいが、こいつらめちゃくちゃ仲悪いんだよなぁ。

ほぼ全員が敵対関係にあったから無理もないのかもしれないが、こいつら争ってばかりで俺の言うことを全然聞こうとしないのである。

ていうか無駄に身体と声がデカく、その上ずっと言い争っているから俺の言葉が届かないんだよなぁ。

あんまり大きい声を出すのは好きじゃないし……なんにせよまずは喧嘩《けんか》をやめさせないと話にならない。

何か黙らせる方法は……

「そうだ。前に錬金術を研究した時に作った薬を試してみるか」

その名も精神融和剤、身体の一部（髪とか）を混ぜた薬液を飲ませることで、その精神を他者に分け与えるというものだ。

最初は作り上げたゴーレムに俺の精神を分け与えようと入れてみたのだが、俺の精神が入ったゴーレムは興味のあることしかやろうとせず、全然言うことを聞かなかったのだ。

ま、そこは俺だし仕方ないのだが。

そう思いながらもお蔵入りにしたが、これを使えば魔物たちもお互いの気持ちがわかるようになり、喧嘩も収まるかもしれない。

言い争っている魔物たちからぶちぶちと毛などを毟《むし》って、薬液に投入。

ボコボコと泡を吹きながら薬の色がマダラ色に変わっていく。

……むむ、ちょっと色が悪いな。小麦色にでもしておこう。それと冷やしておけば飲みやすくなる。

あとは量を増やして味を調えて……と。うん、こんなもんかな。

頭数分の樽《たる》を用意し、液体を注いでやる。

「おーいお前ら、議論に熱くなるのはいいが、そろそろ一息入れないか?」

「おおっ！　それはエールとかいう飲み物ですな！　我らを労《ねぎら》って下さるのですね！」

「ありがたい。喉がカラカラだったのです」

「ぷはぁー！　この一杯の為に生きてるなぁー」

「しかしこのエール、少し変わった味な気がしますぞ」

……エールじゃないからな。しかしこいつら、変に舌が肥えているな。

ま、気づかなかったんだし良しとしよう。

「うっ⁉　グァ……な、なんだこの感じ……⁉」

「身体が溶けていくようだ……！」

「でも何故か、気持ちいいような……」

薬が効いてきたのか、魔物たちはバタバタと重なり合うようにして倒れていく。

……だ、大丈夫だろうか。

そういえば生き物に試すのは初めてだっけ。多少心配になりながらも魔物たちの動向を見守る。

倒れ伏す魔物たちをしばし眺めていると、ボコッと身体が動いた。

おっ、ようやく気づいたかな。そう思った瞬間である。

ボコッ！　ボコボコボコ、ボコォッ！

折り重なっていた魔物たちの身体が隆起していく。皮膚が泡立ち、溶け出しているように見える。

「……げ」

魔物たちの身体が混ざり合い、巨大な肉塊へと変貌していく。

な、何が起こっているんだ？　ヤバくないかこれ？

「そういえば魔物の研究本に書いてあったっけ……『大地の魔力により生まれた魔物は不安定な存在である。故に生物ではあり得ない巨体や異形の能力を持つ』みたいな」


よくわからないが生物学的には重力やらなんやらの関係で、普通の動物は魔物のような巨体の場合、戦うどころか動くことすら難しいらしい。

それが可能な理由は彼らの身体に大地の魔力が多く混ざっているから。そのおかげで火を吹いたり、あり得ない巨体にもかかわらず高速で移動したり出来るのだという。

つまりは元々まともな身体ではないのだ。

故に魔物は死ぬと三日もせずに大地に還《かえ》っていく……そんな出鱈目《でたらめ》な身体を持っているのだとしたら、俺の薬で大きな変化が起きても不思議ではない、のか？


「ウゴォォォォアァァァ――――ッ！」

咆哮と共に立ち上がる異形の魔物、その姿は蛇や虎、蜥蜴《とかげ》にコウモリ……薬を飲んだこの主たちが混じり合ったような形をしていた。

「えーとその……だ、大丈夫か？」

「ガ……グァ……！」

ビクンビクンと痙攣《けいれん》しながら俺を睨みつけてくる主《ヌシ》の集合体。

どうやらあの薬のせいで、彼らの身体が融合したようだな。

うーむ、こんなことになるとは……思った以上にヤバい薬を作ってしまったようだ。

分離、出来るかなぁ……その前に彼らをどうにかしないと。

流石にぶっとばすのは悪い気がするし、どうしたものか。

思案に耽《ふけ》る俺に彼らは近づいてきて――


「うおおおおおおっ！　素晴らしい！　全身に力が漲《みなぎ》るようだ！　流石は神ッ！」

「然《しか》り！　我らの肉体が一つとなったことで莫大《ばくだい》な力を生み出すことが可能となり申した！」

「ンフフ、ありがとうございます。とっても嬉しいです！　神のおかげでより高みに辿《たど》り着けましたわぁん」

「うむうむ、これならば地の底に在る『奴』にも後《おく》れを取りませぬ！　本当にありがとうございますですじゃ！」

口々に感謝を述べてくる。

「お、おう……」

俺は戸惑いながらもどうにか言葉を返す。

なんだかよくわからないが喜んでいるようでよかった……のだろうか？

「……えーと、身体が混じっちゃったけど、問題はないのか？」

「なんの問題もありませんとも」

「そうです。魔物は力こそ全て！　これだけの力が得られるなら今までの身体になんの未練がありましょう」

むしろ誇らしげに答える。微塵《みじん》の未練もなさそうだ。

あっそう……ならいいんだけどさ。

「ですが強くなったからこそ分かる。あなた様は本当に神でございますねぇ。以前の我々が戦いを挑むことの無謀さがよくわかりますわぁん」

「全くです。この身体になった我々でも貴方様には手も足も出ないでしょうからな。しかしこれなら『奴』に勝つことも……ふふふ」

いや、『奴』ってなんだよ。ていうかそんな身体になっても尚、まだ誰かと戦う気なのか。

とりあえず本人たちが喜んでいるのは良かったけれども。

「うおおおっ！　これだけの力、もう辛抱たまりません！　行って参りますッ！」

そう吠えると、彼らは穴を掘り進んでいく。

「ウオオオ―――ッ！」

一万の配下たちもまたそれに続く。

俺はそれを見送りながら言う。

「がんばれよー」

「あなた様もお元気でェェ―――……」

あっという間に彼らは見えなくなってしまった。

うーん……今回の計画は失敗だったな。

魔物というのは思った以上に我が強い。

頭の中は戦いばかりだし、俺の精神を込めたゴーレムが材料集めに向いてないのと同じように彼らも調査には向いてなかったのだ。

何事にも向き不向きというものはあるんだなぁ。いい教訓になった。

「とりあえず地下を掘り進むのは色々危ないことがわかったし、今日の所は穴を塞いで帰るとするか」

夢中になって忘れていたが、そろそろ半日くらい経った頃である。

またどこかに行っていたのをアルベルトに知られたら、変に目を付けられてしまうもんな。

俺は城ではごく普通の魔術好きで通っているのだ。怪しまれるような事態は避けなければ。

魔術を極める為にはこの最高の環境を維持する必要がある。

それには地味に生きなければな。少なくとも、今はまだ……

「そういえば午後には新しいメイドが来るとかどうとか言ってたっけ」

多少遅刻したかもしれない。ま、メイドとの顔合わせくらいなら大丈夫か。

メイドが一人増えたくらいじゃ俺の自由な時間も減りはしないだろうしな。

「さっさと顔合わせを終わらせて、また面白そうなことを探すとするかな」

――その小一時間ほど後、俺はシルファと初めて？　の出会いをすることになる。

彼女の世話焼きは相当なもので、俺の自由時間は激減させられるのだが……それはまた別のお話。

あとがき

　第七王子7巻読んで下さりありがとうございます！　謙虚《けんきょ》なサークルです。

　今回学園編&前後編&ロイド君最強の敵現る！　と個人的に見どころ満載だったと思いますがどうだったでしょうか？

　いやぁ、本当なら普段も前後編にしてもいいくらいの話をしている気はするんですが、何故か一巻で収まってしまうんですよね。不思議だ（むしろ文量が足りないと言われて短編を書く始末）。

　特に大暴走《スタンピード》編とか。なんか主人公周り以外を書くの苦手なんですよね。まぁテンポが良いと考えましょう。うん。

　ただまぁ振り返ってみるとあまり学園生活を書いてないなという思いもあり、シルファたちのことも書きたかったので特典SSで彼女たちのことを書かせていただきました（とはいえ千文字程度の分量では大したことも書けませんが）。

　あ、そういえば来年の四月からアニメが始まるらしいので、ぜひ見てくださいね。よろしくお願いします。

講談社ラノベ文庫

転生《てんせい》したら第七王子《だいななおうじ》だったので、気《き》ままに魔術《まじゅつ》を極《きわ》めます7

謙虚《けんきょ》なサークル

2023年11月29日第1刷発行

発行者	森田浩章
発行所	株式会社　講談社 〒112-8001 東京都文京区音羽2-12-21
電話	出版　(03)5395-3715 販売　(03)5395-3605 業務　(03)5395-3603
デザイン	AFTERGLOW
本文データ制作	講談社デジタル製作
印刷所	株式会社ＫＰＳプロダクツ
製本所	株式会社フォーネット社

KODANSHA

ISBN978-4-06-534094-3　N.D.C.913　279p　15㎝
定価はカバーに表示してあります

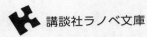